U0088321

温室的花朵，要如何在寒風中屹立不搖？

温室で育てられた花は、冷たい風をしのぐことができるのか？

第七極光

Winni
章魚燒

CHARACTER

人物介紹

雷斯 /23歲

放蕩不羈的狂傲男子，雖然十分不看好艾希亞公主能找到製成極光魔杖的材料，但卻在公主的要求下陪同踏上旅途，也在旅途的過程中找到心中所嚮往的寶藏，是個標準刀子嘴豆腐心的男人。

屁提 / 2歲

一隻因為被施了魔法而會說人話的企鵝，是被普特克巫師從南極帶到阿拉斯加的皇帝企鵝實驗品，後來趁巫師不注意時逃了出來。最喜歡亮晶晶會閃耀的任何東西，當初也是因為艾希亞公主那雙亮晶晶的溜冰鞋而相遇。

艾希亞 /22歲

海爾洛王國的二公主，個性衝動、活潑外向、喜歡溜冰，對於父母一天到晚限制她從事任何活動感到不滿，也因為父母的限制所以她在子民的眼中是「溫室裡的花朵」，實則充滿冒險家的精神，直到遇見雲之女王才得知原來自己還有一個姊姊。

普特克 /47歲

原本只是一個農民，與黑魔法打交道後成為世界最強大的黑魔法巫師，目前除了消失已久的極光魔杖之外，沒有任何人的法力高過他。個性好色又自戀，在他的城堡裡有三個老婆，除了原配不定時可以變回人形之外，其餘兩任妻子都被下了詛咒，外表看上去像青蛙。

優妮可 /20歲

海爾洛王國的小公主，個性內向、安靜內斂、成熟穩重、喜歡手工藝，比起艾希亞更有姊姊的樣子，在父母眼中是個標準的乖女兒，但身上卻有著一段詛咒以及一段連自己都感到無奈的過去，不太敢嘗試新的事物。

Contents

第一章　極光的傳說

傳說，指的就是不知道是否存在的事實。

傳說，是從不可考的很久之前，就一直流傳下來的故事。

傳說，可能是杜撰出來的，也可能是真實的事件在大家口耳相傳之中，改變了內容。

「極光能帶來幸福」就是傳說中的一個例子。

在偌大的雪白庭院前，一名女子身穿七彩錦緞，長袖隨著風吹過而微微飄起，亮白色的裙襬稍稍拖著地、胸前的項鍊如同自身多彩的瞳孔一般，閃爍著不同種顏色的光，而其淡金色的頭髮綁成麻花捲垂掛在左肩與胸前，顯得氣質出眾。

她就是可以追溯到很久很久以前，身為掌管與創造極光的女神，也是這次故事的創始者。

「……」站在六芒星陣裡，極光女神高舉雙手念著不知名的咒語，接著從星星的各個頂點上，發射出六道光芒：紅、橘、黃、綠、藍、紫。

「紅色，是火和血的顏色，代表勇氣與能量。」頂點一，紅光。

「橘色，是炙熱的顏色，表示成就與魅力。」頂點二，橘光。

「黃色，是陽光的顏色，意思是溫暖和歡樂。」頂點三，黃光。

「綠色，是自然的顏色，特質是和諧和坦率。」頂點四，綠光。

「藍色，是天空和海洋的顏色，象徵信任與穩定。」頂點五，藍光。

「紫色，是皇室的顏色，擁有權力與神祕的定義。」頂點六，紫光。

女神一邊召喚六種極光，一邊看著從各頂點出現的擬人化極光，擁有一樣的臉孔、一樣的身高、一樣的身材，不同的只有本身帶有的個性和顏色而已。

「尊貴的女神，請問召喚我們有什麼吩咐嗎？」紅光首先發聲問道。

「我希望你們可以將自身的個性傳到人間，讓每個人都能有自己的代表色，進而擁有那樣色澤的特質。」女神淺淺的笑著說。

「傳到人間？」紫光疑惑的問。

「是的！帶著你們的光芒與特質，去引領即將陷入黑暗的人類世界吧！讓他們擁有你們的特質，讓世界充滿正面的能量吧！」再次高舉雙手，極光女神將六位極光仙子化成六道光芒，射往人間。

「女神，這麼做真的好嗎？」就在光芒消失在天的盡頭時，一名駝背又拄著枴杖的老人，緩緩的從女神身後走出來。

他的眼睛只有墨綠色的暗光，頭頂毛髮未生、舉步蹣跚、臉上的皺紋如同剛扭乾的抹布一般。

「智者大師，這麼做不好嗎？」女神笑笑的問。

「人類，是貪得無厭的種族、是會互相殘害的種族、是自私自利只會想到自己而不顧別人的種族，一旦擁有了極光們的代表個性，難保他們不會繼續要求更多……」

「那我只好繼續創造出更多、更好、更正面的光芒。」

「我擔心的是人類的負面能量過於強大，大到足以逆轉六種極光的特質，畢竟……潘朵拉的盒子已經被打開了。」

「但『希望』還在盒子裡不是嗎？只要有希望……」

「那也要看『希望』是不是能靠著自身的力量離開盒子。」

女神以沉默結束了這個話題，就是因為潘朵拉的盒子被打開了，所以世界上有太多的負面能量、所以女神才派六色極光去平反這樣強大的黑暗勢力。

「女神，用『希望』去創造出第七種極光吧！讓它強大到無人能敵，只要世界上有『希望』，負面能量就不會占滿整個世間。」

「但是……第七極光除了還留在潘朵拉盒子裡的『希望』之外……還需要一些元素才得以顯得無敵……」

「那就找出來吧！趕在人類將六色極光染上黑暗之前……」

智者的話並不是完全都沒有道理，六色極光自身的能量的確還有待培養，這也讓極光女神感到不安。

「我必須要快點製造出第七種極光。」接著一雙潔白的翅膀緩慢的從女神的背後緩慢的展開，在陽光的照耀之下顯得閃耀刺眼，等到翅膀慢慢的、慢慢的完全張開的時候，女神的身影已經可以被翅膀完全覆蓋住了。

那雙翅膀大到當女神在走路的時候，它們會拖在身後，強而有力的不只有骨架，彷彿每一根羽毛都充滿力氣一樣，女神輕輕一躍，翅膀開始揮動空氣，帶著女神在雲層之上迎風飛翔。

因為相信，所以一點顫抖也沒有，就這樣任由翅膀帶著自己飛往潘朵拉盒子的所在地。

「『希望』能改善世界，只要人的心中存有希望，一切都還不會太糟、一切都還有挽回的餘地。」

拿起六角型的木製盒子，最上面鑲有一顆暗紅色的寶石，盒子外圍刻上些許花紋和不知名的符文，估計是某種咒語。

女神小心翼翼的把盒子捧在自己懷中帶回宮殿，隨後將自己閉關在密室裡，馬不停蹄的立刻進行第七種極光的製造。

她拿出盒子裡的希望輕輕的放在紅色的天鵝絨布上，混濁的氣體輕輕的飄著，然後慢慢的形成一個圓，在圓的中心因氣體流動而產生小型漩渦。

接著從一旁的架上選出一個黑色的玻璃罐，在裡面拿出一根彎曲的時針並脫下自己手上的戒指將兩者放在「希望」上，再從一個不起眼的白色盒子裡面，拿出一顆潔白的小鑽石，然後闔上眼、專注的一邊念著咒語，一邊慢慢的將雙手拉開。

在絨布上的「希望」與時針同時飄起，充滿七彩顏色的咒語環繞著兩者，接著一個字一個字慢慢的沒入兩者之間，隨後時針開始慢慢變長、變粗，然後變成了一根魔杖，女神的戒指也開始放大、放大，直到能夠嵌在魔杖之上，穩穩的扣著魔杖上面的那顆小鑽石，而鑽石也在同時慢慢的膨脹再膨脹，直到能配的上魔杖的比例。

此時女神輕輕的將「希望」捧起，慢慢的將其沒入那顆鑽石裡，接著白色的鑽石開始變換樣子，成了一顆鵝蛋形狀的純白色寶石。

「完成了！」正當女神心滿意足的帶著魔杖走到大廳裡，正巧遇見智者，後者看見女神帶有倦容的臉，又看到她拿著的魔杖，嘴角上揚的說。

「製造極光的過程總是很快，但卻也很容易失敗，『希望』極光需要被測試，如果能量不夠，就需要再加強。」女神對智者說。

「要怎麼測試呢？」智者問。

「第七極光跟前六種不一樣的地方在於：第七極光不只有『希望』一種意義，它還要能聯合前面六種的能量，代表七種祝福，不但能給予六種極光後勁的補強，還必須擁有自身能夠攻擊與防守的特質。這樣的極光如果照射在白色的寶石上，就會將其變成『極光寶石』，搭配衡量勇氣的標準和心環，就能製造出一把無敵的魔杖。」

「所以如果要做出魔杖，要素有三：極光寶石、衡量勇氣的標準與心環，是吧？」

「是的，接下來我得去好好的測試這把魔杖的威力。」

從製造出魔杖之後的好幾個月，女神不停的加強魔杖的能量，使其輕輕一揮，就能產生巨大的破壞力與修復力，也因為由時針所變成的杖柄內留有時間的因子，所以這把魔杖還能讓時間產生變化。

而受到女神託付的六色極光在這段極間也積極的在人間傳達自身的能量，希望讓人間變得更好、完成女神所交代的任務。

但是智者的猜測果然是正確的，只有六色極光的努力似乎不太足夠，人類開始不滿只有十二種個性，紛紛將那些正面的能量轉成負面的想法。

每一道極光幾乎都被黑暗侵蝕了……

紅色，不再是勇氣與能量的代表色，取代的是戰爭與危險。

橘色，喪失了成就與魅力的意義，被詐欺和懷疑凌駕之上。

黃色，被推翻了溫暖和歡樂的定義，嫉妒和腐敗成為新的意思。

綠色，失去了成長與希望的特質，取而代之的是野心和貪婪。

紫色，墮落了原本尊貴的皇室，改成沮喪、悲傷和挫折感。

「不好了！女神！女神！」負責監督六色極光的侍衛看著極光們一一被黑暗腐蝕，著急得向女神稟告。

「當光芒都被黑暗吸收後，世界將變成草木不生的廢土之地，女神，請快出手救救這個世界吧！」一旁的侍女們發現苗頭不對，也跟著向女神求情。

「可是……」女神皺著眉頭，一副進無步、退無路的表情，凝重的望著身旁的極光魔杖。

「來不及再增強『希望』的力量了，如果再不召回六色極光，世界會崩盤的。」智者猜中了女神的心思，道出事情的嚴重性。

「妳是創造極光的女神、是帶給人間光芒的女神，就算極光魔杖還沒辦法達到最大的效果，妳也要盡力去拯救這個世界，因為妳是帶來光的女神。」女神喃喃自

語一番後，明明知道極光魔杖還沒辦法發揮最大效力，但這是她的責任，她必須扛起這份不讓世界落入黑暗的職責。

「我們都會成為妳強而有力的後盾，女神殿下，請放心的前往人間吧！」侍衛隊長召集了所有侍衛隊，將右手放在左胸前，往前四十五度角對著女神鞠躬。

帶著極光魔杖站起身，女神走到露天窗台邊。「轟」的一聲展開那雙足以覆蓋自己的潔白雙翅，波動著一旁的空氣與塵土，接著竄上雲霄直奔人類世界。

而在她身後緊緊跟隨的，是整個極光宮殿的侍衛軍。

正當人類即將改造最後的、充滿信任與穩定意義的藍色時，天空灑下一道刺眼的光芒，彷彿只要直視它，眼睛就會瞬間被灼傷、被閃瞎一樣。

趕在藍光被汙染之前，女神將極光魔杖由左下方揮往右上方，瞬間天崩地裂的世界如同時間靜止般的凝結了。

原本即將滴落地上的水停在半空中、原本怒吼的聲波也留在原地沒有前進，所有人的動作全都如同被貼上符咒的殭屍一樣，靜止不動了。

「由於時針所變成的杖柄內留有時間的因子，所以這把魔杖還能讓時間產生變化。」女神囁嚅著，接著用耀眼的光芒收回五色極光同時也帶走了藍極光。

「滴、答、滴、答。」

在女神離開之後，鐘擺開始晃動，停在半空的水滴在地上沒入土中、怒吼聲波連綿不絕的傳遞著，大家回到時間凝結之前的瞬間。在女神離開之後，世界又陷入了一片黑暗。

「人類，是貪得無厭的種族、是會互相殘害的種族、是自私自利只會想到自己而不顧別人的種族。」智者透過極光鏡看到了世界的醜態，無奈的搖頭嘆氣。「女神，請淨化六色極光吧！維護不了人間，至少帶來希望的極光不可以被抹滅。」

「這個世界將會不停的改變，即便我有廣大神通的能力將六色極光恢復到以往純淨的樣子，但卻無法改變世界上的每一顆人心啊……。」女神用極光魔杖將六色極光封印在六顆寶石裡，讓他們吸取寶石的靈氣已達到淨化的功效，接著將帶有「希望」的第七道極光灑落人間，隨後將魔杖分解成三個部分塵封在沒有人知道的地方。

「如果人類無法覺醒、不能真正的為他人著想，那極光魔杖永遠都不會現世，只有掌握三個要素的人才能將其重新組裝，極光的魔力將會延續到時間的盡頭，直到真正的魔杖繼承者出現。」女神在封印三項寶物之前這麼說著。

「因為無敵，所以不能讓它留在世界上，萬一落入惡徒手中，世界就真的沒救了。」在封印之前，女神是這麼想的。

被封印之後的寶石與魔杖往世界各地落下，只留下些許封印完後的極光碎片，

在天邊輕輕的閃著、飄著。

世界就在黑暗的籠罩下輪迴了好幾千年，這段日子都沒有人能夠像極光女神一樣正確的掌握三個鑄造極光魔杖的要素。

為了淨化六色極光，女神將黑暗的能量往自己身上放，終於來到超乎自己負荷的瞬間，倒下了。

在臨終前的她多加了一段咒語在那些被封印的物品上：「只有真正由我轉世的人，才能準確的掌握那三個要素，進而重新鑄造新的極光魔杖。」

而這件事情不知道為什麼流傳到人類世界，口耳相傳之下，成為了傳說、成為了神話、成為了不知道是真是假的故事。

這就是極光的傳說。

而接下來要說的故事，就是藉由極光的傳說，所創造出來的奇蹟。

第二章　我不是囚犯！

高緯度的地區常常下雪，這是肯定的。

位於北極圈內的小小國度——海爾洛王國，目前也正處於下雪的季節。

天上飄著白皚皚的雪，雖然為了防止積雪而設計了尖形屋頂，但長時間的飄雪還是讓屋頂如同鋪上一層薄薄的白紗。

遠遠望去，最雄偉的那棟建築就是國王、皇后與公主們的居著地，也是海爾洛王國的象徵——極光城堡。

順便一提，在德國的夏洛登堡宮是以皇后的名字來命名；在印度的泰姬瑪哈陵也是如此。

大多都是君王愛戴自己妻子的證明，而海爾洛王國也是如此。

「叩、叩、叩……」穩重的腳步聲輕輕的踩在木製的階梯上，鞋跟與地面磨擦發出了聲響。

一襲深藍色宮廷服搭配亮黃色的皇冠，她是極光城堡的皇后：海爾洛。

手上捧著一個用牛皮紙盒包裝精美的禮物，踩著輕柔的步伐來到城堡裡的某個房間前面。

房間外的侍衛對皇后行了一個禮，皇后向其點點頭之後，左手抱著禮物，右手敲著門。

「叩、叩、叩！」

三，是皇室的禮節。

敲門要敲三下、向人鞠躬要停三秒、華爾滋也是以三拍為主的舞蹈。

「艾希亞，生日快樂！」

連公主的名字也是三個字。

等了一會兒，房間裡並沒有傳來聲音。

「叩、叩、叩！」皇后再次敲了門。

「艾希亞！艾希亞？妳在裡面嗎？」突然覺得不對勁的皇后立刻把門把打開，走進房間裡。

摺疊整齊的淡紫色床鋪、一點皺褶都沒有的淡粉色窗簾、一塵不染的淡橘色地毯，還有被打開的大型落地窗，窗外的白色圍欄綁著一條白色的長布，風微微吹過，輕輕掀起淡粉色的窗簾，窗外的飄雪也跟著風飄進了室內。

「噢不！艾希亞！」尖銳的女聲迴盪在空無一人的房間裡，門外的侍衛也跟著緊張的對著大廳大喊：「公主不見了！」

「公主不見了！」

「艾希亞公主不見了！」

「糟了！公主不見了！」

「什麼？公主不見了？」

「怎麼辦？公主不見了！」

「又來了？又不見了？」

「別說風涼話了，快點幫忙找！到時候皇后生氣怪罪下來，我們都有得受了！」

侍衛一邊跑一邊大喊，整個皇宮裡包含仕女、守衛、廚娘、管家……等等，全都跟著傳遞這樣的消息。

「咚——咚——咚——」跑向城堡外頭，侍衛拉起了警鈴，巨大的鐘響迴盪整個王國。

「噢……又來了？我只不過出來溜個冰沒有告知而已，有必要這麼大費周章的告訴全國人民我失蹤的事情嗎？」穿著粉色溜冰鞋，自在的在冰上劃出一道又一道的冰痕，隨後轉了好幾個圈，停在冰面上。

長髮用藍色的髮飾整齊的綁在身後，身穿粉紅色的短版小外套，兩排整齊的釦子隨著身子的擺動也跟著左右搖晃，緊身的深藍色褲子顯示出其姣好的身材。

她就是這次引起騷動的女主角——艾希亞公主。

雖然已經不是第一次了，但是她還是感到很煩躁，只不過就是出來溜個冰而已，為什麼要搞得全國人民都認為她不見了？

「都是母后這樣自作主張的行為，才害我在人民面前一副『溫室裡的花朵』的樣子！煩死了！」艾希亞公主深深的嘆了一口氣後，如同往常一樣的無視於響徹全國的那道鐘聲，隨即又在冰面上滑出了好幾道冰痕。

無論冰面是薄還是厚，艾希亞都可以很簡單的用各種華麗的技巧讓自己享受在滑冰的其中。

沒有任何人教過她溜冰，也許是天生喜歡的關係，從小她就十分活潑外向，常常偷跑出來溜冰，雖然每次都被罵，但她還是很享受這樣的戶外活動。

對艾希亞來說，她寧可在外面溜到天昏地暗甚至汗流浹背，也不願意坐在皇宮裡面聽著老師教的那些美姿美儀。

「要抬頭挺胸！」

「腰桿打直！」

「下巴內縮，頭上的書不能掉下來！」

「縮小腹，雙手在腹前交叉！」

每次只要上美姿美儀的課程，都是艾希亞最痛苦的時候。

「艾希亞公主殿下，為什麼您總是沒辦法做到好呢？身為公主……」每次只要指導老師開始碎碎念，艾希亞就會把白眼翻到太陽穴上。

她也不是不願意做好，她也很努力的想要成為父王和母后心中那個完美的女兒，所以即便她再怎麼不喜歡上美姿美儀的課程，卻還是很努力的練習著每一個老師教導的步驟。

但是也許天性如此吧！她總是沒辦法達成老師眼中的那個「完美標準」。

而且她最討厭的，就是老師的那一句「身為公主……」，如果可以，她寧可選擇不要成為公主。

搖了搖頭，艾希亞不想去思考那些老師對她說過的話，今天是她的生日，一輩子就這麼一次二十二歲生日，她不想要讓自己的心情這麼低落。

「管它什麼美姿美儀，我今天要盡情的溜冰溜到精疲力盡為止！」艾希亞這麼對自己說著。

然後更加快速的溜著冰，雙手在身旁左右揮動著就像跑步一樣，接著縮起左腳，華麗的在冰面上旋轉了二十多圈如同跳芭蕾舞一般，隨即張開雙手又滑了好幾個大圈就像大鵬展翅一樣的神氣，遇到如同小山丘一般的波浪地形，艾希亞就像一葉扁

舟一樣在水上隨著水波晃動，溜冰鞋貼緊了地面，接著從此跳到彼，臉上充滿愉悅的神情。

正當她享受著溜冰的樂趣時，一個小小的身影偷偷的從樹幹後探出頭，呆頭呆腦的看著眼前不停旋轉的女孩，還有她腳下那雙亮晶晶的溜冰鞋。

接著牠伸開自己的「雙手」，晃頭晃腦的也在冰面上跟著旋轉起來。

「嗚嗚嗚——啊啊啊——」一個重心不穩，呆頭呆腦的小傢伙整個以滾雪球的方式滾向艾希亞。

「哇啊啊啊啊啊——」專注於溜冰的艾希亞才一個回頭，就發現「一顆大雪球」迎面而來，但她要躲的時候已經來不及了。「雪球」撲到自己身上害得自己也跟著連滾好幾圈，直到撞到另一面積得很厚的雪堆才停下來。

「噢……」眼冒金星的艾希亞晃了晃頭之後慢慢的站起來，扶著額頭努力的鎮定自己的思緒。

「是什麼啊？」艾希亞定睛一看。「企……企鵝？」

沒錯！雪白色的毛髮蓋住了前面的身體，整個背部如同披上黑色斗篷一般、尖尖的喙嘴底部帶有些許橘色，黑色的頭咕嚕嚕的轉了下，胸前那一小撮橘色的毛看起來格外亮眼。

沒錯！牠就是一隻企鵝。

「北極怎麼會有企鵝啊！」艾希亞愣了一下，接著不解的喃喃自語。

「噢……好痛！」

「你你你你你你……你會說話？」艾希亞睜大眼睛看著眼前的企鵝，生存在南極的企鵝跑到北極來就已經很不可思議了，竟然還會說人話？

「妳好！」就像個紳士一樣，眼前的企鵝站起身，拍了拍身後的白雪，有禮的向艾希亞做了一個九十度的欠身。

「哇——」艾希亞眼神發出閃閃的光芒，雀躍的心情完全刻劃在臉上。「你叫什麼名字？」

「我……我也不知道耶……」企鵝的眼神突然暗淡了下來，歪著頭似乎很努力的想要想起自己的名字。

「沒關係！沒關係！想不起來也沒關係！你家呢？你家在哪裡？」

「我……我也不知道耶……」

「你怎麼會來這裡？」

「我……我也不知道耶……」

「我的天吶！你怎麼什麼都不知道啊？」

「我……我也不知道耶……」

「唉……好吧！那既然你不知道自己的名字、也不知道自己從哪裡來的、更不知道自己的家在哪裡，那你就跟我回去吧！我家很大的！」

「妳家很大啊？有魚可以吃嗎？」

「魚？當然有！你想要吃多少都沒問題！」

「真的嗎？太好了！我的肚子已經餓得前胸貼後背了……」摸著自己圓滾滾的肚子，眼前的企鵝露出哀怨的表情。

「前胸貼後背……」看著他圓滾滾的肚子，艾希亞冷笑了下，她覺得眼前這隻企鵝真得太可愛了！

「妳叫什麼名字？」

「我？我叫艾希亞，是海爾洛王國的公主唷！」

「哇！原來是公主殿下！」

「不過我不是很喜歡當公主，所以你可以直接叫我艾希亞沒關係。」兩人一邊朝著皇宮走去，一邊在路上聊起來。

「為什麼不喜歡當公主？」

「當公主很麻煩的！要學很多事情，不像其他人一樣這麼自由！」

「嗄……好複雜……」企鵝的臉上露出「囧」的樣子，這讓艾希亞更喜歡這個呆頭呆腦的小傢伙了。

「對了，幫你取個名字吧！」

「好啊！但是我不要菜市場名字喔！什麼罔市、罔腰、阿珠、阿花的，我不接受！」

「還挑耶！好啦！不然叫你『屁提』好了！」

「屁提？」

「對啊，可愛吧？嘻嘻嘻……」

「屁股提高高……很好啊！很符合我的翹屁股！」企鵝說完還順便抖了下自己的尾椎。

「那就這樣決定了！屁提、屁提！」

「耶！屁提、屁提——」

兩人就這樣有說有笑的走回了皇宮。

「噓……小聲一點，父王和母后現在可是動用了所有的人在找我，不能讓他們知道我把你帶回家。」艾希亞悄悄的繞過守衛，走到自己發掘的小路，經由地下道穿越到後門，再從後門經過廚房，接著偷偷的來到大廳。

「守衛在打瞌睡，快來！」對著屁提招了招手，艾希亞快步的跑上階梯。

接著躲在牆後面偷偷觀察自己房間門口是否有守衛看守。

「還好！每次只要發現我不見，就一定會調動大量人力來找我，這是最佳時機！房前沒人，屁提快！跟上我！」艾希亞對著後面招了招手，直接跑向房間開了房門。

「呼！安全達陣！歐耶——」躺在床上，艾希亞開心的滾了兩圈說：「屁提——我的房間很大，對吧？」

「房間一點也不大，不然怎麼無法阻止妳擅自外出呢？」嗓音中透露出不悅，一個人影緩緩的從門外走進來，手上還拎著一隻企鵝。

「母……母后……」艾希亞急忙從床上坐起來，接著來到母親面前不安的低著頭。

「告訴過妳多少次，不准擅自外出，為什麼妳就是不聽呢？」

「我只是去溜冰……」

「要是妳發生了什麼事，我們該怎麼辦？」

「母后，我只是去溜冰……」

「妳從今天開始禁足，而且為了妳好，以後不准去溜冰了！」

「為什麼？今天是我的生日耶！而且我喜歡溜冰啊！」

「就因為今天是妳的生日，妳多了一歲應該要比以往更成熟懂事，而不是做出這種會讓全國人民擔心的舉動，特別是我和妳的父王。」

「可是……我只是去溜冰……」

「艾希亞！身為公主就應該要乖乖待在城堡裡，特別是即將繼位的繼承人，妳要替自己的未來做好準備，等時機到來，妳即將成為海爾洛王國的女王，引領成千上萬的人民繼續在這裡平和的生活。」

「我才二十二歲……」

「就是因為妳才二十二歲，所以要及早開始準備。還有這隻企鵝是怎麼回事？」

「他是我的好朋友。」

「屁提是好孩子，不要處罰我……嗚嗚嗚嗚嗚嗚……」雖然頭被拎著，但雙鰭卻摀著自己的臉擔心得哭了。

「會……會說話的企鵝？」

「還給我啦！」

「這麼可怕的東西一定是被施了魔法，不能讓牠留在這裡。」

「母后！妳如果要把屁提送走，那我一定會想辦法離開這個國家再也不回來。」

「妳在威脅我嗎？」

「就像妳威脅我一樣，請妳把屁提還給我！」

「這是身為公主該有的行為跟樣子嗎？」

「我願意聽妳的話留在皇宮裡好好的學習如何成為一個女王，即便再辛苦，我也會努力咬牙認真學習，但是交換條件是：請妳把屁提還給我。」

艾希亞堅定的眼神讓皇后很認真的思考了她的提議。

「好，但不要讓牠隨便亂跑。」說完便甩門離開了艾希亞的房間。

「看好她！」艾希亞清楚的聽到皇后這麼交代侍衛的。

「就像妳囚禁了我，卻不能囚禁我渴望自由的靈魂是一樣的，總有一天，我會離開這裡，到世界各地去旅行。」抱著屁提，艾希亞倔強的強忍著眼中的淚水。

「不要哭……」屁提給艾希亞一個大大的擁抱，即便他的雙鰭只能勾到艾希亞的肩膀。

「六年前開始，自從姊姊失蹤之後……對我和優妮可的管教就越來越嚴格，個性傳統保守不說，還強迫我做許多我不喜歡的事情，理由當然都是為了以後要成為女王……哼！我才不屑成為女王……」

無法平復心情的艾希亞，緊緊的抱著屁提。

第三章　聖誕惡夢

「艾希亞，妳還好嗎？」皇后才剛離開不久，艾希亞的房門外便傳來一個女孩子的聲音，不像剛才皇后那種咄咄逼人又嚴厲的口氣，多了溫柔的氣息。

「哦！妳進來吧！」才剛把褲裝換成皇后最喜歡的蓬蓬裙，艾希亞的房門就響起了敲門聲。

「妳沒事吧？大家都急著在找妳。」開門進來的女孩多了溫柔委婉的氣息，比起艾希亞，她更有身為一個公主該有的樣子：溫柔、婉約、氣質出眾、一舉一動都很優雅。

「哦！沒事啊！妳看我這樣有什麼事嗎？」

「唉……到底要父王跟母后跟妳說多少次，不准妳擅自離開城堡……」

「我只是去溜冰！為什麼大家都要這麼擔心啊？還有拜託妳不要跟母后一樣，我剛剛才被她碎碎念完而已，如果妳也是來念我的，那就出去。」

「咚咚咚……」此時衣櫃裡傳來低沉的撞擊聲。

「什麼聲音？」優妮可立刻站起來並提高警覺的環顧房間。

「呃……我剛認識的新朋友……他叫屁提。」打開衣櫃，艾希亞笑著把他抱出

來。「你是趁我剛剛換衣服的時候偷偷跑進去的吧？」

「屁提很乖。」

「我知道。」溫柔的摸著屁提的頭，艾希亞的臉上也出現了柔和的神情。

「企……企鵝？身上有細菌怎麼辦啊？會感染吧……」優妮可立刻退後了好幾步。

「妳不要這麼小題大作好嗎？妳真是越來越像母后了。」白了妹妹一眼，艾希亞把屁提抱到床上去。

「如果他身上有細菌害大家感冒的話，都是因為妳擅自離開城堡的原因。」

「不然妳希望我怎麼做？整天待在自己的房間裡？」

「沒錯！至少這樣母后就不會念完妳之後又跑來跟我告狀！」

「我已經不是小孩子了耶！」

「我們都知道……但是妳不能總是讓父王和母后這麼擔心啊！保護我們的安全是他們的責任，我們出事了他們並不會感到開心。」

「所以為了降低他們的憂慮，才選擇把我關緊閉又禁止我溜冰吧？」艾希亞一點也不能體諒國王和皇后的做法，依然生氣的說：「根本就不了解我！一點也不公平……妳就可以做自己喜歡的事情，我只不過去溜個冰而已……而且就算要禁止我去溜冰也不該是今天啊！今天是我生日耶……我的人生都被毀了啦！」

「妳……我喜歡的事情是靜態的、是可以待在城堡裡的、是沒有危險的，可是妳的……」

「我的人生就這樣完全被剝奪了自己僅有的、唯一的樂趣啊！連一點點小事都要擔心，我又不是不能照顧自己……」

「好了，不要再抱怨了……妳今晚有沒有什麼計畫？」

「沒有計畫，反正被禁足了。」艾希亞聳聳肩，無奈的倚靠在那張深灰色的絨毛沙發上說。

「妳知道今晚子民們要舉辦聖誕晚會的事情嗎？」優妮可坐在艾希亞身旁，事不關己的說。

「知道啊！這次還是父王下令的，說全國子民都要好好享受這次的聖誕節，新建的大型溜冰場也會在今天開幕，我真的很想去啊！可是母后又把我禁足了！」

「妳還是放棄這樣的想法，不要去吧！」

「可是我真的很想去啊！妳越講我越想去！」

「為了妳的未來著想，不要吧！」

「吼！真的很想、很想去啦！」

「妳還是乖乖的待在城堡裡吧！」

「妳是故意的吧？故意來告訴我有這樣的消息……」

「妳早就知道了不是嗎？我只是來勸妳打消偷跑去的念頭，即便妳已經被母后禁足了，但我知道依照妳這脫韁野馬的個性，一定會想辦法逃跑的。」

「優妮可，既然妳知道我的個性就是如此，那妳更應該要幫助我啊！我並不想成為女王，如果妳想那就給妳當好了！」

「艾希亞……父王和母后是真的很關心又很愛我們，他們所做的一切都有道理……」

「對啊……包括把我禁足……」撇了撇嘴，艾希亞不悅的說。

她只要一想到被禁足就從頭頂開始不爽到腳底板。

「唉……我該怎麼跟妳說呢……」

「優妮可，其實我覺得有時候妳比我更像姊姊……」

兩人之間就這樣沉默了，一樣都身為公主，雖然優妮可可以體會國王與皇后的出發點，但是艾希亞卻因為太過渴望自由導致常常和雙親發生爭執。

「優妮可……我一定要去參加這次的聖誕晚會，妳幫我這個忙吧……拜託！」

「艾希亞……妳乖乖的待在城堡裡不好嗎？」

「我跟妳不一樣，待在這狹小的密閉空間我會窒息，所以拜託妳……幫我這個忙吧！讓我偷溜出去，如果被發現了我絕對不會把妳拖下水的！我保證。」緊緊拉住優妮可的雙手，艾希亞迫切又渴望的看著她。

「妳……唉……我就是沒辦法輕易拒絕妳的拜託啊！就是心太軟啊！可惡。」

「所以妳是願意幫我囉？太棒了！」立刻從沙發上跳起來，對艾希亞而言，沒有什麼比「自由」更可貴的了。

「只是妳真的要小心！不要讓自己受傷，在父王跟母后發現前要回來了喔！」

「妳不跟我去喔？」

「跟妳去？我瘋了嗎？到時候被抓到兩個人都倒楣。」

「也是啦，可是聽說這次的晚會很盛大唷！會很精彩呢！」

「妳……」

「走啦！一起去嘛！去見識看看啊！不要讓別人說公主們都孤陋寡聞的！」

「唉……好吧……但是……」

「知道了啦！凡事要小心！走吧！」

優妮可嘆了口氣，先走出房門外，對著守衛說了幾句話之後，後者立刻離開了原本的崗位。

「現在沒人，快點出來！」

「哇！妳跟守衛說什麼啊？」

「說我會看著妳，然後妳叫他也跟大家一起去參加聖誕晚會。」

「這麼輕易被說服？」

「妳不知道身為公主有多大的權利嗎？更別說之後妳會成為女王了！那些守衛好歹也要給妳一點面子，不然以後等妳登基了，他們不就一個一個都完蛋了嗎？」

「也是……好了不說了，快點從祕密通道出去，我們應該趕得上冰雕煙火秀。」

「反正到時候被抓到，我一定會跟妳撇清關係。」

「好啦！我會跟母后說我這匹脫韁野馬是誰都阻止不了的，這樣可以吧？」

「唉……我一定是上輩子欠妳太多，這輩子才要這樣被妳牽制！」

艾希亞聽完之後聳聳肩，然後經過廚房的時後隨手抓了兩件斗篷並遞了一件給優妮可，兩人就這樣低調的從城堡的後門溜出去了。

兩人慢慢的沿著小徑來到海爾洛廣場——國王專門為了子民建造的遊樂廣場。

原本在廣場的正中間，有一個大型的噴水池，但為了迎接這次的晚會，國王特地吩咐工匠將噴水池打掉，改建成大型溜冰場，旁邊也多了很多攤販：賣咖啡、賣巧克力、賣鮮花、賣小吃、賣麵包……等等，讓子民們運動完之後如果感覺到飢餓，還可以補充體力。

廣場旁有幾個樂師在演奏著樂器，小提琴、大提琴、喇叭、豎笛、橫笛交織成一首又一首輕快的圓舞曲。

優妮可和艾希亞才剛剛抵達的時候，國王正巧完成了大型溜冰場的開幕儀式，紅色的彩帶被銳利的剪刀一刀剪斷，也在同時，天上出現了慶祝的煙火。

火光十色、各種造型、各種煙火照亮了黑暗的天空，聖誕夜是晴朗的日子，沒有飄雪反而吹著一點微風，讓人感覺很舒服。

國王和皇后簡單的說了幾句話之後，便讓子民們進入溜冰場，享受這難得的聖誕夜。

「怎麼可以我過生日，讓別人比我開心呢！我也要一起去溜冰！」艾希亞說完不等優妮可反應，自顧自的抱著屁提跑進了溜冰場裡，如同早上一樣自在的享受著溜冰帶給自己的喜悅。

艾希亞精湛的溜冰技巧還有華麗的舞姿讓在場的人都看呆了，紛紛停下來注視著她的一舉一動。

「噢！」正當艾希亞發現這個情形的時候，她華麗的轉身停下，大方有禮的向所有人行個禮。

「是公主殿下！」人群中有人眼尖認出了她，一句呼聲讓所有人立刻立正站好對她鞠躬行禮。

「噢不！不要因為我而打斷了你們的娛樂，請繼續吧！」她說完便又沉浸在溜冰的喜悅裡。

只有再度溜冰才能讓氣氛再度提升，國王和皇后才不會注意到人民奇怪的舉動而發現艾希亞。

圍觀的子民們面面相覷一會兒，覺得沒有什麼不對勁於是也跟著繼續翩翩起舞。

此時樂師們將剛剛輕快的圓舞曲改成節奏比較快的進行曲，大家也因為音樂的關係而開始提升氣氛、有說有笑，男士約女士溜冰跳舞、孩子們在一旁吃著甜食，大家都很享受這個輕鬆愉悅的聖誕夜晚。

其實也不是所有「人」都很享受，當然還要外加一隻企鵝，穿梭在人群中笑得不亦樂乎呢！

就在此時，天空中出現一道青色的光，而且越來越寬、越來越大，延伸到整個海爾洛王國之上。

「那是什麼啊？」

「不知道耶……是極光嗎？」

「感覺好詭異唷！」

「艾希亞！我們該回皇宮了。」優妮可站在場外對著姊姊不安的大喊。

但是艾希亞就像沒有聽到一樣，完全無視於旁人的存在，還在冰上轉了好幾圈，直到樂師停下動作、直到她發現音樂中斷的時候，天邊出現了一隻巨大的鷹獅。

拍著褐色的翅膀、眼神充滿敵意與高傲，在空中盤旋了幾圈之後緩緩的降落在冰面上。

「唉唷！唉唷！看看這是誰吶！」從鷹獅的身上冒出一個身影，不懷好意的來到艾希亞的面前。

「請問你是？」艾希亞抱起屁提，警覺的問。

「噢！這真是世界上最——美麗的女孩呀！」不理會艾希亞的問題，眼前的男子將手上的魔杖一揮，一旁原先被點燃的燈全都熄滅了，取代的是充滿詭異的銀青色火焰。

「小美女，以前都躲去哪裡了呀？怎麼沒讓我遇見妳呢？哈哈哈……」男子不懷好意的繞了艾希亞一圈，上下打量著她。

「你……你到底是誰？」

「妳不知道我是誰？噢！拜託，是妳的父母沒有教好妳囉？連我是誰都不知道可不行啊！」

「對不起，但恐怕要讓你失望了，我真的不知道你是誰，而且我相信我的父母也不知道你是誰。」

「噢！呵呵呵！妳的父母，統治著海爾洛王國的國王與皇后，一定知道我是誰……哈哈哈……」

「憑什麼這麼有自信啊？」

「噢！美麗又有個性的樣子，我好喜歡呀！請容我自我介紹一下，我是普特克巫師，全世界法力最——強的黑魔法巫師，也是妳未來的丈夫、這個王國的駙馬。」

「未來的丈夫？哪來的自信啊大叔？」

「呵呵呵……我願意賜給妳跟我結婚的機會，這樣的機會可是千載難逢的喔！不是每個想要跟我結婚的人都可以跟我結的唷！跟了我，保證妳吃香喝辣唷！」

「噢！天吶！你憑什麼覺得我會嫁給你呢？還有，我身為海爾洛王國的公主，吃香喝辣已經是生活必需品了，不需要你再錦上添花，我怕我的膽固醇跟三酸甘油酯會太高，對身體不好。」

「噢！我真是太喜歡妳了，怎麼樣？成為我的新娘吧！」普特克從身後拿出了一個戒指盒，在艾希亞面前單膝下跪上演求婚記。

「不行！離她遠一點。」就在普特克單膝下跪的那瞬間，國王帶著侍衛隊來到了廣場上。

「哇！我們多久沒見了呢？國王殿下，你這樣迎接你的老朋友對嗎？」普特克「叩」的一聲闔上盒子，隨後站起身來痞痞的看著國王。

那個樣子讓艾希亞真是厭惡到了極點，但是比起普特克，她更重視父親的反應。

「離我女兒遠一點。」拔出劍，國王氣憤的說。

「看樣子你皇宮的日子過得挺舒服的呢！」舉起魔杖，普特克的臉突然沉了下來。「那種優渥的生活原本是屬於我的！」

「普特克，求求你了，放過艾希亞吧！」皇后也在此時趕到現場，低聲下氣的哀求著眼前的巫師。

「你們……現在是在命令我嗎？」普特克挑了下眉後說：「是不是忘記另一個女兒發生過的事情了呢？」

「普特克，在我還沒有下令殺你個屍骨無存之前，快走吧！你已經妻妾成群了，不要再來騷擾艾希亞！」國王眼中閃過一絲憂鬱，但那很快就被責任感給驅走了，比起過往，他更應該保護現在。

「沒錯！三個不嫌少，我現在還要再來娶第四個更漂亮的當老婆，不行嗎？呵呵！快點跟我把婚事談定吧！父王，我眼前這位小美人，就是幸運兒囉！」

「誰是你父王！馬上給我滾！」揮舞著手上的劍，國王試圖威嚇著眼前的男子。

「我永遠不會嫁給你的！大叔。」艾希亞此時也表達自己的想法，不屑的說。

「噢噢！妳錯囉！不過我可以再給妳一次機會。」普特克轉了身，將手上的魔杖對準國王與皇后。「石化——」

「不！」就在艾希亞阻止的同時，魔杖射出一道如同剛才天空色彩的光芒，將國王與皇后包圍起來。

接著國王與皇后慢慢的從腳到頭頂都被石化了！

「嘿嘿嘿！把所有人變成石頭吧！」普特克高舉魔杖，對準了每一個在場的人。

「不！快住手！」艾希亞跑上前想要阻止普特克，卻被後者一把推開。

廣場上來不及逃跑的人、樂器還拿在手上的樂師、還在做著鬆餅的糕餅師傅、手持銀劍想要抵抗的侍衛們，全部一個一個維持姿勢變成石頭了。

「噢不！你不能這麼做！不可以！」

「我就偏要這麼做。哈哈哈哈哈哈——」

「你怎麼可以這麼過分？」

「嘿嘿嘿，現在只剩下妳跟我了，最後一次給妳機會，嫁給我的話，我就把他們都恢復原狀，否則……」露出尖笑，普特克彷彿勝利在握。

「否則怎樣？」

「否則妳的下場，就會跟他們一樣，變成石頭了！哈哈哈哈哈哈……」

「可是……」

「妳時間不多了唷……滴答滴答！」

「碰！」突然一陣巨響在他們身後響起，好幾顆巨大的雪球從他們身後滾過來。

「可惡！到底又是誰在壞我的好事？」普特克舉起魔杖，憤怒的發出魔光將那些雪球一一擊碎。

「艾希亞，快逃。」趁著普特克把專注力放在雪球上的同時，剛剛躲過一劫的優妮可抱著屁提拉著艾希亞，快速的逃離現場。

等到普特克回過頭的時候，發現兩人已經跑遠了。

「哼！妳會回來的，艾希亞公主，我讓妳考慮一個星期，期限一到咒語就永遠無法解除了，妳好好思考吧！期限之內嫁給我否則永遠無解，哈哈哈哈哈——」

邪惡的笑聲迴盪在已經沒了生氣的海爾洛王國裡，傳到艾希亞和優妮可耳中格外刺耳。

第四章　雲之女王

「『永遠』可是很長一段時間的……」

最後普特克的這句話一直在艾希亞的腦海裡揮之不去，難道她就要這樣永遠失去雙親跟國家了嗎？

「不行！我要回去！我要回去阻止他！」走著、走著，艾希亞越想越氣，接著轉身想要回到海爾洛王國。

「妳瘋了嗎？妳絕對沒有力量可以跟他較量的！省省吧！」急忙拉住艾希亞的優妮可，眉頭皺得都可以擰出水來了。

「不然怎麼辦？讓父王跟母后一直都是這個樣子嗎？我不要啊！」艾希亞激動的說。

「我們去找雲之女王吧！至少她也是有法力的、至少她應該能夠幫助我們！」

「雲之女王？」

「叫妳讀書不讀書，這世界上的魔法師總共有兩個，一個就是剛才的黑魔法師普特克，另一個就是雲之女王，我們找到她也許能有幫助。」

「可是……」

「總比妳回去送死好，不管妳是嫁給他還是跟他拼個你死我活，最後都不會有好下場的，因為妳嫁給他之後，他不一定會實現諾言把父王和母后解除石化，就算解除了，父王和母后也會因為妳嫁給他而感到內疚一輩子，而妳當然不可能跟他拼個你死我活，放棄吧！雲之女王的住所就在雲海之上，我們找找看吧！海爾洛王國附近的雲海可是很多的！一定會有辦法的！我們一定會救回父王和母后。」優妮可堅定的看著艾希亞這麼說著。

「可是……優妮可，我們還是快點掉頭吧！我還是很不放心。」眼中閃過難得的焦慮，就連之前偷跑出去溜冰也都不曾出現這種不安，艾希亞不停回頭望著被普特克施了石化魔法的海爾洛王國，還有讓她十分牽掛的雙親。

兩人帶著屁提走著、走著，不知道走了多久，身邊出現越來越多不同形狀與顏色的雲，看起來就像棉花糖一樣柔軟，但是當他們伸手去觸摸的時候，卻又融在手中化成水了。

「哇！」屁提開心的左顧右盼，艾希亞和優妮可對於眼前的景象也感到很不可思議。

穿過那些雲之後，在他們眼前出現了一座巨大的、由雲製成的拱門。

與其說是拱門，不如說是兩根雪白的柱子，被六種色彩的雲朵纏繞著直達那遙

遠的天空的盡頭。

「咚——咚——咚——」正當他們穿過雲之拱門時，突然出現了巨大的鐘響。

「有人來了！」

「竟然有人找到這裡耶！」

「好久沒有人來拜訪了！是誰呀？」

嘰嘰喳喳的討論聲音讓艾希亞與優妮可左顧右盼了好一會兒。

「是誰在說話？」艾希亞優先發聲問道。

「快出來吧！我們不會傷害你們的。」優妮可也在一旁幫腔的說。

接著四周安靜了大約十秒，眼前的雲霧漸漸散開，一座雄偉華麗的粉色城堡出現在她們眼前。

「我是霧仙子，蜜絲特。」褐色耳下三公分的頭髮。

「我是雨仙子，芮恩。」藍色及肩的頭髮。

「我是露仙子，狄舞。」白色到腰的長髮。

三個身高大約只有一百公分，身後還有四片透明如同蜻蜓一般的翅膀，如同複製人一般的樣子，圓圓沒有稜角的臉蛋搭配圓圓的大眼睛，三個人看起來都十分可愛，他們就是守護雲之王國的三位小仙女。

「陌生人，請問妳們是怎麼找到這裡的呢？」霧仙子問。

「我們走著、走著，就來到這裡了。」優妮可搶在艾希亞應聲之前說。

「請問妳們是迷路了，還是特地為了找女王殿下才來的呢？」露仙子接著問。

「我們有求於女王殿下，所以特別來找她的，可以帶我們見見雲之女王殿下嗎？」優妮可問。

「親愛的，我已經料到妳們會來找我了，我還在想說什麼時候可以見到妳們呢！」優妮可話剛說完，三位仙子身後就出現了一個女子。

她的身高大約一百六十公分，有個性的短髮配上簡單的耳環與項鍊，頭上的皇冠鑲著六顆不同顏色的寶石，身穿深藍色的緊身褲和大紅色的高跟鞋，上衣是白色的雪紡紗，比起三位小仙女，她的樣子反而比較像是在伸展台上的模特兒。

「請問妳是……？」

「我就是雲之女王普莉思。」張開雙手表示歡迎，雲之女王和善的接待了優妮可與艾希亞，而屁提則和三位仙女在城堡外面的雲海裡玩得不亦樂乎呢！

「請問……為什麼妳會知道我們要來呢？」艾希亞問。

「因為感應到普特克的能量出現在海爾洛王國……所以就有這樣的預感了。」女王回應。

「那……妳應該知道海爾洛王國發生了什麼事情了，對吧？」艾希亞繼續問。

「噢！親愛的，雖然我知道妳們的雙親發生了什麼事，但是我沒有辦法幫助妳們……。」女王露出既可惜又抱歉的樣子對著兩人說。

「為什麼？」艾希亞有點沉不住氣的提高了音量。

她們尋尋覓覓就是希望雲之女王能幫助自己，但現在聽到這樣的答案，別說是個性急躁的艾希亞，連在一旁一向沉著冷靜的優妮可也覺得一陣晴天霹靂。

「普特克……其實是我的哥哥……」女王皺著眉頭說。

「什麼？」異口同聲的說，優妮可和艾希亞不敢置信的望著女王。

眼前這麼善解人意、溫柔體貼又漂亮的女王，竟然是那個醜陋魔法師的親妹妹？

「很久之前，我和普特克以及他的妻子還不是魔法師的時候，都是農人，因為我們的父母很早就去世了，日子雖然不算好過，但至少兄妹倆和嫂嫂相依為命，生活也還算過得去，直到……」

「直到？」

「直到我們撿到了一塊遺落的寶石，上面的符文教會我開發身體的能量並修習白魔法，後來我經由老一輩的人口中得知極光傳說的故事，才想到也許那是當初極光女神封印極光魔杖時留下來的碎片。『光是一小片碎片就能讓人成為這麼強大的魔法師，如果找到完整寶石的話，那力量就無人能敵了。』當時的普特克是這麼想的，心術不正的他在修練魔法的同時加入了不知道從哪裡得知的黑魔法能量，黑加白等於是陰陽的力量，於是走火入魔的他就變成了現在的樣子了……」

「但是他為什麼這麼堅持一定要娶我呢？我並沒有去招惹他啊！」艾希亞憤恨不平的說。

「貪圖美色是男人們都會有的行為，只是有人選擇放在心裡，有人選擇說出口並付諸行動，我的哥哥——普特克就是屬於後者……」

「女王殿下，求求妳了！拜託妳幫我們！如果這件事情無法解決，父王和母后會永遠變成石頭的！」

「很遺憾，親愛的，我沒有辦法幫助妳們，我的法力遠遠不及普特克，為了保護雲精靈們，我只能帶著他們來到偏遠的天上，建立起雲之王國，然後選擇沉默並祈禱著極光女神的轉世者能盡快降臨世間。」

「極光女神的轉世者？」

「沒錯，在很久、很久以前，極光女神曾經製造出一把無人能敵的極光魔杖，但也因為能力過於強大所以被女神封印了，在女神臨終前，她給了自己未來的轉世

者一道咒語，希望能重新製造極光魔杖並好好的保護它不落入壞人手中。」

「轉世者？極光魔杖？」

「沒錯，但是好幾個世紀過去，女神的轉世者一直沒有出現，極光魔杖當然也一直被封印著，無法被重新製造。傳說中，只有在星星連線的情況之下，找到三種製作極光魔杖的材料，而且必須是女神的轉世者才有辦法製造出來。」

「極光魔杖很厲害嗎？」優妮可問。

「極光魔杖的能力足以把普特克遠遠拋在身後，心善的人拿了可以平息紛亂、帶來和平；心惡的人拿了就會毀滅世界，讓世界陷入混亂之中。這也是為什麼當初女神要把它封印起來的原因，祂相信只有真正心善的人才有辦法重新製造出極光魔杖，雖然這一切都只是傳說……」女王回覆了優妮可。

「傳說……這麼說來，我們不就一點希望都沒有了嗎？」艾希亞失落的說。

「艾希亞，我一直認為妳是帶著神蹟出生的孩子，在妳出生的那天，天空佈滿了難得出現的七色極光，雖然不知道是巧合還是真的命中注定，我不能確定妳是不是轉世者，但在妳的身上我能感應到一股特殊的能力，還有……妳失蹤的姊姊……就在普特克的城堡裡，所以竭盡所能的踏上旅途吧！」

「姊姊？梅洛絲？六年前她沒有原因的突然失蹤了，大家怎麼找都找不到她……然後父王跟母后就開始對我跟優妮可加強管教……」

「因為妳的姊姊是被普特克抓走的呀！海爾洛國王雖然出動了全城的士兵去追捕普特克，但畢竟對方是強大的魔法師，被派去的士兵全部都沒再回來，唯一能回來的帶來了普特克的口信：『既然沒辦法娶到梅洛絲公主，那我就等著下一個二十二歲的公主成年，在艾希亞成年之前，好好保護她吧！哈哈哈哈哈哈——』，害怕再度失去女兒的海爾洛國王和皇后帶著妳和優妮可重新建造了一座新的、更為堅固的城堡、縮小了城堡的範圍，讓居民們自給自足的在這片土地上生活。」

「難怪……他們總是對我這麼嚴格……」艾希亞突然理解父母關心自己、擔心再度失去自己子女的那些感覺。

「天下父母心，沒有人願意失去自己的孩子，梅洛絲的事情讓妳的父母非常自責。」女王說。

「我一定要救回父王和母后，然後跟他們道歉……雲之女王，求求妳教我該怎麼做吧！就算給我一點線索也好！無論如何我都要救回他們！」

「我不確定這個消息是不是真的，但是妳可以先去一趟寂靜森林，傳說需要製造出極光魔杖的三要素是：被第七極光照射過的極光寶石、衡量勇氣的標準以及心環都能在那邊找到。雖然不一定找的到，而且那裡只要進去了……就會很難再出來

了……」

「艾希亞，能製成極光魔杖的機率很低、很低，連雲之女王都不確定能不能真的做到……」優妮可聽到雲之女王這麼說，自己突然覺得希望很渺茫。

「我相信會找到的！只要有一點點的希望，我都會努力去做到！為了我所愛的人。」艾希亞堅定的樣子讓雲之女王微笑著點點頭，好像那個堅定的表情真的能帶來希望一樣。

「艾希亞，傳說中第七極光就是用『希望』製造出來的，所以無論如何都要對世界保持希望與正面，如果在普特克的期限之內真的沒辦法找到元素製造極光魔杖……」

「女王殿下，目前我只想要專注於找到三個元素並嘗試著製造魔杖，這就是當務之急，如果之後真的沒辦法，我們再來想辦法吧！一定會有後路的！別擔心。」

「艾希亞……」

「優妮可，我們立刻啟程吧！」艾希亞轉頭向優妮可說。

「我可以借妳們兩匹飛馬，這樣可以省下很多時間。」雲之女王喊住了正要離開的兩人，接著拍了拍手，兩匹淡藍色的飛馬從城堡外面飛進來。

「不要忘記妳是海爾洛王國的公主，妳頭上的皇冠所存在的價值就是提醒妳曾經擁有過的一切，不要忘了自己的身分。」雲之女王這麼對艾希亞說。

「真的太感謝妳了女王殿下！」艾希亞拉起雲之女王的手，開心的說。

「艾希亞，我真的不確定可以找到鑄造魔杖的材料，就算找到我也不確定能不能製造完成……」

「沒關係的！我知道一定可以的！如果為此懼怕，那我就不配身為海爾洛王國的公主；如果為此卻步，我就愧對從小養育我成長的雙親，所以我才會這麼堅定的告訴妳，即便機率只有百分之一，我也會努力去實現，這是我對自己的承諾。」

「這……好吧！我會盡我所能的幫助妳，我在這兩匹馬身上施展了一些魔法，牠們現在是雲世界裡飛翔速度最快的馬匹，但是雲的世界是很乾淨無暇的，妳們接下來要前往的寂靜森林充滿了黑暗的力量，所以馬兒們只能送妳們到入口就必須回來……」

「女王殿下，妳能幫我們就已經很好了，我們很感謝妳。」優妮可向女王行了一個禮。

「我能幫的也只有這樣了，對了！這裡有一個鈴鐺，我掛在屁提的脖子上，它能給妳們非常有用的幫助，但是只有一次的功效，一定要小心慎用！」

女王將一個淡藍色的鈴鐺繫上一條紫色的絲帶，接著掛在屁提的脖子上。

在陽光的照射下，鈴鐺發出閃亮的光芒。

「耶！亮晶晶！」屁提愛不釋手的撫摸著自己新的飾品。

「屁提，要小心不要弄丟囉！」艾希亞愛憐的拍著屁提的頭說。

「耶！亮晶晶！」屁提依然鍾愛的摸著不會發出聲響的鈴鐺。

「這個鈴鐺平時並不會因為搖晃而發出聲響，如果妳們需要使用它是必須要念咒語的。」雲之女王一邊說一邊從口袋裡拿出另一個一樣的鈴鐺。「我來示範給妳們看。」

「多咪颼多咪颼颼、芮芮波莉西西貝多！」女王一說完，原本靜而不動的鈴鐺就自動抖出亮粉，接著「叮叮叮叮」的響了。

「希望我能多幫妳們一點，但我所能做的只有這樣了！如果需要我們，就請搖鈴吧！」女王這麼說。

「真的太感謝妳了！我會努力的！」艾希亞回應的說。

「還有一句咒語，妳要記得，未來會用上的。」女王張開雙手，接著又將雙手在胸前比劃一個星星的形狀，接著念出了咒語：「極光之室為我而開，貝貝魯哇拍拍砰！」

「『極光之室為我而開，貝貝魯哇拍拍砰！』嗚嗚嗚……好難記……」屁提摸著自己的腦袋，臉上又露出一副「囧」的樣子。

「親愛的屁提沒關係，我記得就好了！準備好了嗎？我們要出發了！」艾希亞抱起屁提接著一躍而上，在馬背上的她看起來就像是一顆閃閃發亮的星星。

而優妮可隨後也騎上了另一匹飛馬，兩人向雲之女王揮揮手後，便駕著飛馬前往寂靜森林。

「祝妳們好運。」女王向他們招了招手後說。「是真心的祈求妳們能擁有好運。」

第五章　鬥智也鬥勇

艾希亞和優妮可乘著飛馬飛在鋪滿雲朵的天空上，四周的白雲也因為雲之女王所施展的魔法而不停的變換顏色。

從清晨到晚霞，一路護送著他們離開雲之王國。

「寂靜森林距離這裡有多遠呢？」艾希亞問著在一旁的優妮可。

「應該不會很遠，飛馬們知道要怎麼送我們到入口。依照女王剛才所說的話聽來，除非絕對必要，不然他們不會想要進入森林的，感覺很可怕。」

「有我在，不要擔心。」艾希亞的勇氣似乎帶給膽小的優妮可些許膽量，兩人相視而笑，讓飛馬帶著他們來到寂靜森林的入口。

就在他們飛往森林的路上，在黑暗地帶建立了城堡的普特克也剛好駕著鷹獅回到住所。

「我要讓大家對我的婚禮談論不休，準備最香醇的酒還有最上等的料理，要牛肉好呢？還是雞肉呢？還有份量也不能太少，會被人說我是鐵公雞、很小氣的！」完全沉浸在即將新婚的喜悅裡，普特克品嘗了由三隻青蛙所端上來的食物，一邊構思著婚禮，一邊滔滔不絕的說著。

那三隻青蛙見狀也只是露出了失望又悲傷的表情，雖然穿著女裝、打扮得像個女孩子，但因為扭曲而醜陋的臉讓普特克連瞧一眼都不屑。

「嘿嘿嘿！既然不知道要哪一種肉的話，那就全部都拿出來吧！把城堡裡最好的料理全都端出來。哈哈哈哈哈哈……」普特克笑著走向自己的坐騎，對著鷹獅說：「看著艾希亞公主這麼為難的樣子，妳的心情好過嗎？當初乖一點就不會有這樣的下場了嘛！」

眼神流露出悲傷的鷹獅如同剛才那三隻青蛙一樣，別過頭，任由普特克將鐵鍊拴在自己的腳上。

「匡啷！」突如其來的聲音讓普特克瞇著眼回頭看著那三隻青蛙。

「搞什麼？」看著眼前杯盤狼藉，再看看跌坐在地上、頭帶著茉莉花冠的青蛙，普特克抬高了下巴，語氣低沉的說。

「對……對不起……」青蛙趕緊站起身，拍了拍自身的裙子連忙道歉的說。

「妳們以為這裡是豬圈嗎？還是覺得……我的城堡不夠氣派呢？」舉起手上的魔杖，普特克對準了跌倒的青蛙彈出了青綠色的光芒，瞬間那隻青蛙就被用力的彈到牆上，隨後無力的趴在地上。

「還不快點清一清！再過一個星期我就要迎娶新娘了，最好把我的城堡打掃得

乾淨一點！不然有妳們受的了！」用魔法變出一條鞭子，普特克狠狠的教訓了眼前的三隻青蛙一番。

「也許這次的新娘不會再讓我失望了呢！哈哈哈哈哈哈……」接著他轉身離開了大廳，留下憤恨不平卻又無力抵抗的鷹獅和青蛙。

就在同時，艾希亞和優妮可抵達了寂靜森林的入口處。

四周幽暗不說，還瀰漫著一股令人作嘔的霉味，煙霧纏繞了整座森林，發出令人毛骨悚然的氣息。

「看樣子這裡的確是個很適合測量勇氣的地方呢……」艾希亞無奈的笑了下。

飛馬們將她們兩人送到入口處之後便行個禮，接著又拍著翅膀飛回雲之王國。

「這裡……就是寂靜森林？」艾希亞皺著眉頭環顧四周問。

「嗯……應該是了，寂靜森林據說是世界上最偏遠的地方……我們會遇到什麼樣的人、事、物，一切都是未知。」優妮可憂心的說。

「既來之，則安之。有我在，不要擔心。」拍拍優妮可的肩膀，艾希亞堅定的望著眼前那片黑暗的森林。

兩個人手拉著手慢慢朝那片黑暗的森林走去。

「艾希亞……這裡感覺好可怕、好陰森，好像一個不小心就會被猛獸吞噬一樣。」優妮可緊緊握著姊姊的手不敢放。

「別擔心，好好跟著我，小心不要走散，前方不知道有什麼在等著我們。」艾希亞的語氣聽起來一點恐懼都沒有，也許她心裡明白：「如果不能戰勝自己的恐懼的話，那就更別提要救回父母了。」

原本不見天日的茂密森林已經顯得十分陰暗潮濕了，兩人越往深處走，霧氣卻越來越大，更加重了森林的陰森氣息。

「吼——」

走著、走著，從更深處的森林傳來一聲巨吼，聽起來像是某種猛獸睡醒準備要外出獵食一樣。

「那是什麼聲音？」優妮可眉頭一皺，心中升起一股不安的情緒，兩人就這樣停在森林某處不敢繼續往前走。

放開緊牽的手，優妮可和艾希亞環顧四周想確認方向，正當優妮可拿出事先準備好的指南針時，屁提突然像是被某種魔力牽引一樣，一直不停的往森林深處奔跑。

「屁提！屁提，你不要亂跑！屁提！」艾希亞看苗頭不對趕緊追上去，一直喊著小企鵝的名字卻無法讓他停下來。

「艾希亞！我們會走散，妳等等我！」眼看著姊姊的身影漸漸的被大霧淹沒，

優妮可想追卻不知道該往哪個方向去。

「屁提！你跑去哪裡了？」結果來不及追上屁提的艾希亞，也在這場大霧裡面跟小企鵝走散了。

「真是的……到底為什麼突然跑起來啊？也不知道會發生什麼事！屁提——你在哪裡？優妮可——有聽到我的聲音嗎？」艾希亞一邊走一邊喊，希望能至少找到屁提或優妮可其中之一，但回應艾希亞的只有沉靜。

「這下糟糕了！如果沒辦法找到他們，也沒辦法找到出口，不知道要在這裡耗上多久。」艾希亞身邊沒有指南針，加上這陣大霧讓她根本分不清楚東西南北，她只能按照自己的直覺繼續往前走。

「Lavender´s green, dilly, dilly, lavender´s blue. If you love me, dilly, dilly, I will love you.」

「咦？誰在唱歌？這個旋律……難道是？」走著、走著，一陣渾厚的嗓音飄進艾希亞的耳裡，而飄在空氣中的旋律是艾希亞耳熟能詳的樂曲。

沿著聲音的來源，艾希亞提起裙襬朝著旋律飄出的方向跑去。

「Let the birds sing, dilly, dilly, and the lambs play. We shall be safe, dilly, dilly, out of harm´s way.」聲音越來越明顯，旋律也越來越清晰，

艾希亞跑著跑著來到霧已經沒有那麼濃厚的地方。

銀白色的湖面結上了冰霜，冰的上方有個男子穿著溜冰鞋邊哼著歌邊在冰面上滑出一道又一道冰痕。

「I love to dance, dilly, dilly, I love to sing. When I am queen, dilly, dilly, you'll be my king. Who told you so, dilly, dilly, who told you so?'Twas my own heart, dilly, dilly, I told me so.」接在男子之後，艾希亞唱出了那一段最後的歌詞。

「哇嗚！我還是第一次在這裡看到人類，還是個女孩子。」男子從湖的對岸溜過來，在艾希亞面前來個帥氣的轉身，腳下的冰屑就在冰刀劃過的瞬間也跟著微微飛起。

「還是個能夠接唱歌曲的女孩子。」艾希亞微笑補充道。

「妳好，我叫雷斯，妳怎麼會在這裡？妳是誰？為什麼會唱那首歌？」

「你好，我叫艾希亞，身為王公貴族，從小就必須學習各個國家的語言、文化、禮俗等等，所以我會唱英國的民俗歌謠不奇怪吧！」自信的笑了下，艾希亞將雙手環在胸前，一副趾高氣昂的說。

「王公貴族？妳是公主啊？」雷斯睜大眼睛看著眼前的女孩。

「對啊！而且剛好，我也很喜歡溜冰，再更剛好的是：我溜得很棒。」

「哇嗚！在我的世界裡沒有多少人敢在我面前自稱自己溜冰可以溜得很棒呢！至少目前為止沒有人可以贏過我，無論是技巧還是姿勢。」

「那你的世界還真狹隘，要是我也有溜冰鞋，你絕對會成為我的手下敗將。」

「看妳這狂傲的樣子，應該是一個很刁鑽的公主吧？」

「看你溜冰的樣子，應該只是個能站穩在冰上然後稍微劃出幾道冰痕就自以為了不起的一介平民吧？」

「哇嗚哇嗚哇嗚！這位公主言重了！我不只是能站穩在冰上然後劃出幾道冰痕就自以為了不起的人，而是我本來就很了不起！」

「天啊！我還真沒看過這麼狂傲的人，還是個男人！」

「怎麼樣？在妳的視野裡面只有女人可以狂傲嗎？還是說……只有公主殿下才有狂傲的資格呢？」

「狂傲也要有本事，看你剛剛溜冰的樣子，就知道你只是個把溜冰當做興趣，而且還是剛學習不久的溜冰新人，跟我這個老將相比，你還差的遠咧！」

「我從來都不知道原來對人家做人身攻擊是一件這麼無恥的事情欸！特別這種話還是從一位公主口中說出來，我更替她的國家感到悲哀。」

「我都不知道原來說人家是『溜冰新人』也是一句人身攻擊的話呢！也不知道現在的平民這麼禁不起批評，還是其實你是男人，所以特別有大男人主義，覺得被我這麼一說好像很不給你面子一樣呢？」

「我看起來像是這麼小心眼的人嗎？」

「你要聽實話還是謊話？」

「要聽就要聽實話啊！幹嘛聽謊話。」

「那就我對你的第一印象而言，你的確是個不錯的男子，跟我一樣有相同的溜冰興趣，雖然不是溜得很好但勉強可以接受，而且我們會共同的歌曲這讓我對你的印象的確也有加分。不過跟你對談之後呢，發現你真的不是一個很優秀的男生，會跟女生斤斤計較又沒有男子氣概，光是爭個溜冰也要跟我硬爭到底，再加上你咄咄逼人的樣子，就算第一印象對你再怎麼好，也全部被扣分扣光了！」

「這位公主殿下想必很久沒有這樣跟人家唇槍舌戰一番了吧？感覺妳的怨氣累積在自己身上很久了，但即使是這樣也請妳說話客氣一點，我什麼時候跟妳斤斤計較了？又什麼時候沒有男子氣概了？然後……」

「啊！艾希亞！救命啊——！」

「轟！」

「是屁提的聲音！屁提——你在哪裡？」

正當兩個人喋喋不休的爭論時，某處傳來屁提的驚叫聲，艾希亞心頭一緊，朝著天空大喊了一聲。

「屁提？妳朋友喔？」雷斯看著著急的艾希亞，再怎麼不會看人家眼色也知道這時候不應該繼續吵下去。

「對，一隻會說話的企鵝，剛剛一直跟你吵架，都忘了問，你知道這裡是哪裡嗎？」

「寂靜森林啊！」

「我知道！我的意思是：這裡是寂靜森林的哪裡？」艾希亞沒好氣的說。

「這裡喔！這裡已經很靠進入口處了欸，也是寂靜森林的安全地帶。」

「所以我又走回來了……那你知道剛剛的吼聲是什麼嗎？」

「哇！妳連寂靜森林的主人是誰妳都不知道還敢來？」

「主人？我可沒聽說過這片森林有什麼主人。既然這樣那我去拜訪他，來到他的地盤總得跟人家打個招呼，你能帶我去嗎？」

「哇嗚！我才不要，妳是太愚蠢還是真的笨啊？妳不知道寂靜森林的主人是一個會吃人的巨怪嗎？」

「怎麼會……屁提跟優妮可一定有危險了！」

「妳的朋友一定是被那頭殘暴巨怪所設下的陷阱抓到了，而且看妳這麼嬌弱的樣子也不可能自己去救他，通常誤闖寂靜森林內部的人不是在裡面迷路最後變成白骨永遠跟森林做伴，就是被巨怪抓走然後吃掉。妳的朋友凶多吉少，妳最好放棄救他的念頭。」

「你這個人怎麼這樣？如果今天是你的好朋友被巨怪抓走，你還會這樣見死不救嗎？」

「欸！妳說到重點了，我這個人什麼都有，就是沒朋友！而且我絕對不會冒著賠上自己生命的危險去救他，因為愚蠢的人不適合成為我的朋友，我也不屑有這樣的朋友！」

「你……算了！我自己去，既然不願意幫助我，那至少可以跟我說一下該怎麼走吧？」

「你們為什麼要來要來寂靜森林啊？這種自討苦吃的差事不是你這種王公貴族會做的事啊！」

「那你又為什麼在這裡？既然連王公貴族都不會來的地方，你這平民怎麼會出現？」

「寂靜森林外圍的木頭是上等的木材，我的父親是木匠，他需要這種木頭，所以我很常來這裡，妳呢？」

「我是為了救我的父母和海爾洛王國，必須製造出極光魔杖，這片森林也許會有我需要的材料，所以就當作是我求你了吧！請你告訴我該怎麼前往巨怪的居住地。」

「極光魔杖……那是不可能的……」

「我知道！已經有太多人跟我說過不可能，但是只要有一點點的機會我就要去嘗試，如果連做都沒有做就宣告投降，我會恨自己一輩子，我不希望自己的人生一直不停的在後悔。」

「我帶妳去吧！光靠妳一個女孩子是要怎麼對抗那隻巨怪？」

「不用了！我可以自己去，為了證明我不是你口中的『嬌弱女子』，也為了救出我的朋友和妹妹，我一定要去！如果你真的想幫我的話，就請你告訴我該怎麼找到那隻巨怪吧！」

「唉……這個指南針給妳，往東走約三十分鐘就是巨怪的居住地，那是一間很大的稻草屋，巨怪大概是成年男子的一百倍大，妳贏在體型嬌小可以躲過他。巨怪的視力和味覺都不好，可是聽覺跟嗅覺都很敏銳，妳千萬要小心。出了巨怪的房子

之後看著指南針往北跑，妳就會跑到極靜森林的中央，那裡有一棵被砍掉只剩下年輪的樹，我會在妳來之前先找到妳妹妹，然後一起在那裡等妳。一定要活著回來！」

雷斯從口袋中拿出指南針，拖泥帶水向來不是他的風格，他也知道阻止艾希亞只是徒勞無功的事，因為眼前的女孩跟自己一樣都有著倔強又不肯認輸的個性。

「謝謝你願意告訴我這麼多，放心，我會活著跟你們碰面的，無論如何！」艾希亞接過雷斯的指南針後，朝著他告訴自己的方向跑去，時間一分一秒在流逝，她晚一分到屁提就多一分危險。

「希望妳能安然無事，也希望我還能再見到妳。」騎上被拴在一旁的馬，雷斯拿出口袋中另一個指南針對了對方向，往森林深處前進。

他也不知道為什麼對艾希亞的好感度一直往上升，明明就覺得對方是個得理不饒人的小公主，而且也不知道為什麼，心裡一直有預感會再次見到艾希亞。

畢竟主角如果在這裡就掛了那這故事也沒辦法繼續了，是不是！

而現在他奔往森林的理由是：至少要先把在森林裡迷失的女孩——那位艾希亞的妹妹給帶出來。

另一方朝著巨怪居住地跑去的艾希亞在走了一陣子之後終於看到炊煙裊裊的稻草屋，而光是門縫就足以讓兩個身高一百六十五公分的艾希亞疊起來通過了。

「屁提——屁提！」輕鬆的進入屋內後，艾希亞輕聲的喊著小企鵝的名字。

「哇！又來了一個可以塞牙縫的笨蛋了，哈哈哈哈哈哈！」一把抓起艾希亞，巨怪聞了聞她的味道。

「放開我！放開我啦！」艾希亞不停的掙扎，但卻沒辦法掙脫巨怪的掌心。

「這味道不錯，但就是瘦了一點，沒關係！巨怪要多吃蔬菜、水果排便才會正常！」說完他就把艾希亞丟在自己的木碗裡。

「艾希亞？是艾希亞嗎？」正當艾希亞被丟進碗裡後，碗的另外一邊傳來微弱的聲音。

「屁提？」艾希亞走進一看，是全身髒兮兮的屁提還有其他森林裡的小動物。

「艾希亞！」緊緊抱住眼前的女孩，屁提緊張的心情瞬間得到安定。「我們是不是會被吃掉啊？」屁提還有森林裡的小動物們害怕的看著艾希亞問。

「這裡的動物多到可以開動物園了……那隻巨怪到底一餐要吃多少啊……」艾希亞驚訝的看著眼前還出現一隻鴕鳥跟一隻大象，覺得很不可思議。

「寂靜森林裡面本身就有一種魔法可以讓動物無止盡的繁殖，巨怪不吃的話，動物會太多喔！」剛好來確認碗中食物的巨怪，聽到了艾希亞和屁提的對話後說。

「而且巨怪最喜歡把熬好的熱湯直接倒進碗裡，生涮肉，呵呵呵呵呵呵！湯就快好了，不要著急喔！再等一下就可以泡在滾燙的湯裡啪滋啪滋了！噢噢噢！想到就流口水了！嘻嘻嘻嘻嘻……」巨怪端起碗，坐在爐灶旁邊等著那鍋蔬菜湯冒起滾燙的泡泡。

第六章　魔杖現行

「不行，再這樣下去大家都會被吃掉……欸——那位巨怪先生有聽到我的聲音嗎？」艾希亞把屁提放下來後，朝著碗外大喊。

「嗯？是誰在叫我？」巨怪往碗裡一看，發現高舉雙手不停揮動的艾希亞。

「巨怪先生，請問你有沒有含蘑桔粉呢？」

「含蘑桔粉？那是什麼？巨怪怎麼沒有聽過？」

「唉唷！一定是巨怪先生長久以來都住在寂靜森林裡面所以才不知道。」

「是什麼？告訴巨怪！快說！」

「那你要先把我放在桌上才可以！我在碗裡面不好說話。」

「不行！不行！把妳放在桌上妳會跑掉！」

「不會啦！不然我的髮帶借你，妳用我的髮帶把我綁起來不就好了嗎？這樣我就跑不掉了！」

「這……妳真的不會偷偷跑走嗎？」巨怪懷疑的看著艾希亞，後者則直接把髮帶從頭上拆下來，那是一條跟艾希亞身高一樣長的緞帶。

「妳怎麼會用這麼長的緞帶綁頭髮？」屁提在旁邊小聲的問。

「常常要偷跑出去溜冰，母后又希望我的頭髮越長越好，如果不用這麼長的緞帶把頭髮綁起來，我要怎麼帶著這頭已經長到可以拖地的頭髮去溜冰呢？」艾希亞無奈的說。

「好吧！巨怪接受妳的建議。」一把將艾希亞從碗裡「撈」出來，並且用髮帶把艾希亞綑了兩圈之後在她面前打了一個很大的蝴蝶結。

艾希亞冷笑了一下後繼續對巨怪說：「我們人類啊會製造出一種調味粉，它是由含羞草、無毒大蘑菇還有桔梗葉以一比二比三的成分下去製作，不管你加在什麼樣的食物裡面，都可以瞬間提味，而且對皮膚也很有修復及保養的功能喔！」

「巨怪的皮膚不用修復也不用保養。」

「當然要啊！巨怪先生請你想想，如果你的皮膚變好，那是不是更可以輕鬆的抓到更多動物呢？」

「為什麼？」

「因為你皮膚好動物會被吸引嘛！所以含蘑桔粉真的很重要，重點還可以加在『任何食物』上面喔！」

「對耶！有道理！那我要去摘魔菇還有桔梗葉還有含羞草，那我摘回來妳要再教我一次！」

「當然好！我最喜歡教導別人了，你快點去，在湯滾好之前把調味粉做出來剛好可以拿我們來試味道！」

「巨怪現在就去，立刻就去！」聽到可以吃到好吃的東西，愚蠢的巨怪打開大門跑向森林去摘採材料。

「果然傳說不是騙人的，巨怪都無腦，想也知道我是亂說的……。」艾希亞冷笑了一下，用沒被綁住的雙手拉開在身前的蝴蝶結，不到十秒艾希亞就恢復自由之身了。

接著她環顧四周，運用槓桿原理將巨人的叉子架在巨型的火柴盒上，接著叉子尖銳的那端對準木碗的底部，再利用自己的髮帶將放在櫃子上的花瓶往下拉。

「砰！」的一聲整個碗都飛了出去，裡面的動物和屁提重重的摔在巨人的坐墊上。

「艾希亞妳好厲害！」屁提拍著雙鰭說著。

「等一下再稱讚我吧！大家先快點逃出這裡，不然等一下巨怪回來就來不及了！」艾希亞抱起屁提，身後跟著那群動物，迅速的逃離巨怪的家。

「我只能救你們這一次，小心一點下次不要再被抓到了！」跟動物們分別的時候，艾希亞默默的在心裡替他們祈禱了好久。

「轟！妳騙我——！」一聲巨吼從他們身後傳來，他們知道是巨怪回來了！

「屁提我們快走！」連回頭的時間都沒有，艾希亞抱著屁提拔腿就跑，要是再被抓回去就糟糕了。

一人一企鵝就這樣按照先前雷斯所說的路線，片刻都不敢停留的往森林中央跑去。

「艾希亞！是艾希亞嗎？」正當艾希亞和屁提來到森林中心點的時候，熟悉的嗓音從他們身後傳來。

「優妮可？噢！我好擔心妳！」一回頭，就看到雷斯牽著他的馬，身旁跟著優妮可朝著自己走來。

「我也好擔心妳，雷斯跟我說妳獨自前往巨怪的居所，我真的好擔心妳會出什麼事。」一臉擔憂的樣子，優妮可緊緊的抱著姊姊。

「好了！好了！我不是好好的出現在你們面前了嗎？不要擔心了！只是……你們怎麼會在一起？」艾希亞安撫了優妮可的情緒後，發現雷斯也在一旁。

「就在妳追著屁提往森林的另外一個方向跑去，隨後消失在大霧裡之後，我就開始往回走，畢竟我身上有指南針，想說先走出寂靜森林再向外求救，靠著夕陽的餘光一直走，然後就遇上雷斯先生了。」優妮可簡單的陳述了兩人巧遇的經過。

「優妮可一個人獨自在森林裡徘徊，她可能走過很多地方是已經走過的自己卻不知道，畢竟她是第一次來到這裡，所以我就邀請她跟我一起來了。」收起手中的打火石，雷斯用周遭的乾柴升起了一小堆火，讓附近稍微亮了點。

「但是優妮可，妳怎麼可以跟一個從來不認識的男人走呢？萬一遇到什麼傷害怎麼辦？」

「艾希亞，我知道這麼做的確不好，但是雷斯先生把妳的特徵、穿著、個性、還有妳們的對話都一五一十的告訴我。如果他是有意要傷害我，不可能對妳的一切知道得這麼詳細，連說出來的話都有妳的影子存在。加上除了父王、母后、妳和我之外，沒有人知道屁提的存在，但是雷斯先生卻很精確的說出屁提是會說話的企鵝，這讓我真的不得不相信他，而且在那個狀況之下，我也只能相信他了啊……」

「好啦！反正妳們兩位都沒事，就不要再關心我和優妮可是怎麼認識的了，只是我很驚訝妳居然能成功脫逃，而且還帶著這隻會說話的企鵝，重點是你們毫髮無傷。」雷斯在優妮可解釋完之後，立刻轉移話題。

「對啊！艾希亞，妳是怎麼做到的？怎麼能夠從那裡逃出來？」

「哈哈哈哈哈哈……那隻巨怪真的太無腦，不知道應該說他單純還是說他愚蠢……」回想起剛剛的經過，艾希亞嘴角失守的放聲大笑。

「到底發生什麼事了？」雷斯和優妮可面面相覷，然後不解的看著笑到肚子痛的艾希亞。

「我想……我這個在雷斯口中的『嬌弱女子』也算是很有頭腦的了！」艾希亞瞥了雷斯一眼後說。

「這位艾希亞公主殿下，請問妳現在是又要跟我吵架的意思嗎？」雷斯沒好氣的看著她說。

「我怎麼會跟一介平民計較這些呢！但我只能說，不是我太聰明，而是那隻巨怪真的太笨。」

「到底發生什麼事了?快告訴我！」優妮可拉著艾希亞的手說。

「妳該不會色誘巨怪吧！」搭配誇張的表情，雷斯的問句一出，立刻被艾希亞白眼。

「你再多說幾次這類無腦句子，我的白眼就會翻到一去不復返。」艾希亞無奈的說。

「好了你們兩個，不要再吵了！怎麼好像天生就注定是要來吵架的一樣！艾希亞妳快說啦！」優妮可擋在兩人中間當和事佬，艾希亞撇了撇嘴後開始娓娓道來剛剛的經過。

「其實一切都靠它！」高舉著跟自己身高差不多的髮帶，艾希亞開心的說。「不過巨怪真的太笨了，怎麼會用髮帶把我綁起來後還在我面前打了一個活結？他不知道蝴蝶結一拉就開了嗎？」

「呃……」聽到這裡，雷斯和優妮可瞬間無言。

「還有啊！只要好好的利用彩帶和屋內的東西，要把碗打翻不是一件難事，更何況不要看巨怪這麼高大，他屋內的東西都很小巧精緻欸！如果他是個男生的話，應該是個心思細膩可是有點笨的男生。」

「那妳嫁給他好了。」雷斯立刻說出這句話。

「艾希亞是自由的靈魂，才不會這麼簡單就結婚呢！」優妮可第一次反駁雷斯的話。

「欸欸！講得好像我真的要跟巨怪交往一樣，那種貨色我怎麼可能看得上？」艾希亞無奈的看著兩人說。

「不然要哪種貨色？像我這樣帥氣又才華洋溢，魅力無止盡又散發出濃濃男子氣息的男人嗎？」雷斯走到艾希亞面前，賣弄風騷的撥了一下自己的瀏海說道。

「就算全世界的男人都死光了只剩下你一個，我也不會選擇跟你在一起——！你這個自大自戀狂。」

「艾希亞公主，就算全世界的男人都死光了只剩下我一個，妳覺得我會選擇跟妳在一起嗎？妳認為我還需要做選擇嗎？自然而然就會有大把、大把的女孩對我投懷送抱外加搔首弄姿想要得到我的歡心吶！」

「我真的敗給你了……」扶著自己的額頭，艾希亞的無奈已經比地球暖化導致海水上升的速度還要再快上好幾倍。

「好啦！我不鬧妳了，先前聽說妳要製造極光魔杖是不是？」雷斯看到艾希亞無言的樣子，突然覺得她其實還蠻可愛的。

「對啊！你有什麼好的建議嗎？」優妮可問。

「我以前很小的時候，村民們聚在一起聊天時，很常會提到這個話題，有人說極光女神再也不會出現、有人說極光女神轉世投胎到人間，但能力沒有被開發所以一直輪迴了好幾世紀、也有人說極光女神的傳說是假的騙人的。」

「所以呢？這跟我們要製造極光魔杖有什麼關係嗎？」艾希亞沒好氣的問。

「傳說只有極光女神的傳人或是女神轉世才有辦法製造出極光魔杖啊！」雷斯說。

「沒有其他辦法可以做出魔杖嗎？」優妮可沉思了一會兒後問。

「那時候雲之女王明明就說了只要找到製造極光的材料，加上算好星星連線的時刻，就可以製造出極光魔杖。」艾希亞回憶道。

「但那也要妳們找到材料啊！就算找到了，星星不連線也沒有用，先不論妳們其中之一是不是女神轉世，光是前面那兩個條件就很難達成了！」雷斯不看好的說。

「嗯……」接下來三個人都陷入了沉默，雷斯說的不是沒有道理，況且執行起來真的太困難，難度太高。

「手牽手一步兩步三步四步望著天，看星星一顆兩顆三顆四顆連成線，背對背……」就在大家都不知道該如何是好的時候，屁提在一旁唱起了有點年代的流行歌。

「屁提，你怎麼會唱這首歌？」優妮可覺得屁提唱歌的樣子真的太可愛，忍不住伸手將他抱在懷裡。

「這首歌很多人都會唱喔！流傳很久，大家都會唱，所以屁提也會唱。」呆頭呆腦的樣子讓艾希亞及優妮可鬆開緊皺的眉頭，稍稍緩和了一下煩惱的心情。

「一步兩步三步四步？一顆兩顆三顆四顆？髮帶？魔杖？嗯……啊——！我知道了！」雷斯突然的大喊成功的吸引了兩位公主的目光。

「我曾經聽說過極光女神是用自己的髮帶製造出魔杖的傳聞，不知道是不是真的，但我覺得可以試試看。」雷斯激動的說。

「什麼意思？」兩位公主不解的看著眼前的男子，耐心的聽著雷斯接下來的解釋。

「剛剛屁提不是唱了嗎？『手牽手一步兩步三步四步望著天，看星星一顆兩顆三顆四顆連成線』，妳們往上看！」兩位公主順著雷斯的手往天空一看，黑暗的天空滿滿的都是星星。

「哇！這裡可以看到這麼多星星啊！」

「寂靜森林傳說中是被施展了魔法的黑森林，但是森林本身也需要淨化，所以在森林的中心點被稱為是寂靜森林的未開發之地。」雷斯一邊說一邊拿過艾希亞的髮帶。

「我不知道這個辦法有沒有效果，因為不能確定極光女神的故事是真的還是假的，也不能確定這條髮帶可以像極光女神一樣變成魔杖，更不知道妳們兩人當中有沒有人是極光女神轉世的，那當然也無法得知會不會成功，但是……就像艾希亞說的一樣，我們試試看吧！有試總有機會！」雷斯說。

「那要怎麼做呢？」艾希亞問。

「這棵樹的年輪正好可以容下北斗七星的七顆星光：天樞、天璇、天璣、天權、玉衡、開陽和瑤光，他們的古名分別是貪狼、巨門、祿存、文曲、廉貞、武曲和破軍，對到年輪正中央的就是第四顆星——天權，也就是文曲星。」

「難道說，是要從第一顆星光印上年輪的地方開始走四步嗎？」喜愛讀書的優妮可立刻反應過來。

「嗯！我是這麼猜想的！」雷斯說：「等星星們開始連線的時候就按照星光給的指示，這說起來連我自己都覺得很不可思議了！」

「我先去試試看！」優妮可從雷斯手上接過髮帶，艾希亞和雷斯則是把火撲滅，讓星光更能照射在大年輪之上。

優妮可高舉著艾希亞的髮帶，依照北斗七星的星光走了四步，接著念出雲之女王教的咒語並將髮帶以順時針的方向做旋轉。

時間一分一秒的過去，優妮可手上的彩帶一點變化也沒有，反而是寂靜森林似乎變得更加寂靜了。

「是不是哪裡出了問題？怎麼會行不通呢？」艾希亞煩惱的看著毫無變化的髮帶，信心似乎也有點動搖。

「不要灰心，妳不是還沒試嗎？」雷斯站到她身邊，眼神雖然是望著優妮可，但此時的艾希亞心卻覺得暖暖的。

「優妮可！我來試試看吧！」艾希亞站上年輪接過髮帶。「雖然我覺得自己沒有什麼機會成功，畢竟真的要說女神轉世的話，妳比我還適合。」

「艾希亞……不要這麼說，也許妳有機會成功的！」優妮可安慰著姊姊說，她對於自己沒辦法幫上忙，心情或多或少也受到一點影響。

「算了，就姑且一試吧！」艾希亞高舉自己的髮帶，如同先前優妮可的動作一樣，按照星星連線的順序，踩著星光的步伐，念著雲之女王教的咒語。

正當她一邊旋轉著髮帶一邊踩著星光，然後來到文曲星的時候，他們都屏氣凝神的希望奇蹟出現。

「……」一陣靜默。

「啊……果然不行啊……」雷斯失望的看著艾希亞，心裡默默的想著等一下該怎麼安慰她。

將髮帶高舉的艾希亞發現自己站在年輪上好一會兒，周邊的空氣都沒有產生什麼變化，內心已經開始焦急了。

「啊！」正當她決定放棄的時候，也就是在她要將髮帶放下的那一瞬間，一道紅色的光芒從空中北斗七星天樞的位置上往年輪的地方射下來。

接下來天璇、天璣、天權、玉衡、開陽、瑤光等六顆星也跟著發出橙、黃、綠、藍、靛、紫的彩虹光芒。

「雷斯你看！」順著優妮可的手往上看，雷斯發現北斗七星居然用很快的速度在移動，沒過多久七顆星星居然圍成了一個圓。

而星星們投射下來的光芒正好把艾希亞包覆在圓裡面，接下來七道星光開始以艾希亞為圓心，如同花苞一樣往內將其包覆。

「艾希亞！」優妮可大喊著姊姊的名字，但艾希亞卻像是與世隔絕一樣完全聽不到優妮可的呼喊。

隨後七道星光融合為一道白光，產生光芒爆炸的情況。

「優妮可小心！」雷斯將優妮可按倒在地上，躲過發射出的那些白光，不知道過了多久，四周再次被黑暗籠罩，只剩下天上的星光微微的閃爍著。

「艾希亞！」雷斯拿出打火石跟火種，將剛剛撲滅的火堆再度升起火花，隨後看向年輪的地方，優妮可已經跑到昏厥過去的艾希亞身旁了。

「怎麼辦！雷斯！怎麼辦？艾希亞妳醒醒啊！」優妮可急到眼淚都要飆出來了。

「來，把艾希亞給我。」從優妮可手中接過昏倒的公主，雷斯狠狠的壓了艾希亞的人中。

「噢嗚！好痛！你放手！」幸好無大礙的艾希亞瞬間從雷斯懷裡跳起來，摀著自己的臉說。

「艾希亞！還好妳沒事。」看見姊姊又再度活蹦亂跳的優妮可，整個人頓時放鬆了不少，直接撲上艾希亞。

「我本來就沒事啦！可能肚子太餓暈倒了，哈哈哈哈哈哈……」艾希亞不好意思的笑著說。

「對了！髮帶呢？」艾希亞環顧四周。「剛剛產生這麼大的變化，應該是成功了吧？」

「沒有……」撿起只剩下短短一截的髮帶，雷斯遺憾的說。「連妳的髮帶都斷掉了」

「怎麼這樣……」難過的艾希亞此時的心情真是盪到谷底，就連救父母的最後一線希望都沒了。

「剩下的髮帶呢？」優妮可隨口問了句。

「這……這裡……在這裡……妳們快點來看！」伴隨著雷斯的喊聲，兩位公主急忙站起身跑到雷斯身旁。

第七章 歐爾費鬚

「啊！」

一根有著特殊花紋纏繞的木製魔棒乖乖的躺在地上。

「太神奇……這真的太神奇……！」看著眼前的魔棒優妮可目瞪口呆的說。

「這怎麼可能……不可能啊！居然有這種事……」連雷斯都吃驚得望著那根看上去不只是一根木頭而已的木棒。

「我們成功了……我們成功了！」艾希亞先是愣了一下，隨後又叫又跳的拉著優妮可開心得手舞足蹈。

「真的變成魔棒了！好棒喔！」優妮可也開心得跟艾希亞來個大大的擁抱。

「這樣算是完成了嗎？」雷斯撿起那根木棒，左右仔細端詳了一番。

「不算，如果要製造出極光魔杖需要被第七極光照射過的極光寶石、衡量勇氣的標準以及心環，這三個要素分別會成為極光魔杖的寶石、魔棒還有寶石架。」優妮可解釋道。

「衡量勇氣的標準……所以只要符合這樣的條件，就有辦法製造出跟勇氣標準對應的魔棒……」雷斯喃喃自語說。

「既然這樣我們要製造出極光魔杖就不是不可能的事情了！」艾希亞從雷斯手中拿過那根魔棒後，信心大增的說。

「但我覺得還是不可能製造出極光魔杖……」

「為什麼？雷斯先生有發現什麼不尋常的線索或是有什麼想法嗎？」

「你這自大自戀又狂傲的傢伙，憑什麼說我們製造不出極光魔杖？你說說看啊！」

「妳們冷靜一點聽我說，第一：傳說需要極光女神轉世者或是傳人才有辦法製造出極光魔杖，光是艾希亞能夠把髮帶變成魔棒這點就已經很不可思議了，那是不是表示艾希亞就是極光女神轉世或是女神的傳人？」雷斯冷靜的分析著。「妳不可能是極光女神的傳人，更不可能是極光女神轉世，那是虛幻的神話。」

「你怎麼可以這麼確信我不是？」艾希亞質問著。

「我剛剛說了，那是虛幻的神話！千萬年來從沒聽說過有誰是女神的傳人或轉世者，這種事情怎麼可能發生在我們身上？我雖然是一顆 Lucky Star，但沒有幸運到可以有這麼大的榮幸與極光女神相遇。」

「那這根魔杖你要怎麼解釋？」艾希亞舉起手中的木棒，不服氣的問。

「這裡是寂靜森林嘛！妳去巨怪的家時，不也從他那裡聽說了整個森林都被施

了魔法的事情嗎？也許這根木棒會在這個時候出現也只是碰巧而已，剛好觸及了這座森林某個地方的魔法。」

「什麼歪理！你這樣根本沒辦法說服我！」

「艾希亞，我是很認真的跟妳說希望妳不要對這件事情抱持太大的希望，期望越高越容易失望，我不想要看到妳失望難過的樣子。我深深的認為我們根本不可能製造出極光魔杖。」

「雷斯，我也很認真得跟你說，除了製造出極光魔杖之外我沒有其他辦法可以救出我的父母，我的期限只有一個禮拜，現在已經耗費太多時間。我很著急，我不能眼睜睜的看著我的雙親和整個海爾洛王國變成石頭，我會愧疚一輩子。所以不管你怎麼認為，我都必須要製造出極光魔杖。」

「沒有其他辦法嗎？例如我們直接去請下魔咒的法師解除咒語？」

「唯一的辦法就是艾希亞答應嫁給普特克。」優妮可走到艾希亞身邊，拍了拍她的肩膀後對著雷斯說。

「普特克？那個壞蛋魔法師？」

「對，當初他就是強迫我嫁給他，如果不嫁給他的話，我的父母就會永遠石化……」

「這……」雷斯的心情瞬間陷入糾結，他不知道原來事情嚴重到需要犧牲艾希亞的幸福才能換回大家的自由。

「即使是這樣你還是要阻止我們嗎？」艾希亞的眼神流露出一種無助。

「我……」雷斯糾結的看著眼前的女孩，他在現實與虛幻中徘徊，不知道該做出什麼決定才好。

「好了，很感謝你在森林裡的幫忙，其他的部份我跟優妮可會自己想辦法，如果我真的能夠救回我的雙親和王國，我會好好的答謝你。」艾希亞的眼神轉回冷漠，別過頭不願意再繼續和雷斯爭執。

「艾希亞……妳不要這樣嘛！雷斯也是好意，他說的也不是完全沒有道理啊！」優妮可在兩人尷尬的氣氛下，再次充當起和事佬。

「對於他的幫忙我很感謝，但他不懂事情的輕重，現在的情況是，如果我沒有製造出極光魔杖去對抗普特克，就必須要嫁給他，不然就直接讓父王母后還有整個王國的子民們永遠石化，如果妳是我，妳會怎麼做？」艾希亞憤恨不平的說。

「他也是好意……」

「優妮可！妳是我妹妹，也是海爾洛國王的公主欸！父王母后還有全國子民遭受到這種狀況，妳不好好想說要怎麼跟我一起製造出極光魔杖，反而還要幫他說

話？」

「我……唉唷！你們兩個真的是……！我不管了啦！」優妮可無奈的轉頭離開艾希亞的身旁，但卻往雷斯的方向走去。

「雷斯先生，我對於艾希亞的態度向你道歉，希望你不要跟她計較。」微微欠身，優妮可面對眼前氣沖沖的雷斯也只能以柔克剛、好好的說話。

「優妮可公主，妳應該也知道極光魔杖是製造不出來的吧？」

「我可以很深刻的體會艾希亞的感覺，畢竟她說的對，我也是海爾洛王國的公主，如果今天普特克要強娶得對象是我而不是艾希亞的話，我也會跟她一樣感到徬徨與不安。所以即使我知道極光魔杖能夠被製造出來的機率很低，並不代表我們就不能去嘗試。」

「即便失敗也沒關係嗎？」

「雷斯先生也是有家庭的人吧？家裡面也有父母對吧？身邊也或多或少有些朋友是吧？所以希望雷斯先生能夠角色互換一下，能夠多體諒艾希亞的心情，這種不成功便成仁、不想認輸投降就只能背水一戰的情況，希望雷斯先生能夠多多諒解她……」

「我只是不希望她受傷。」

「如果是這樣的話，那請雷斯先生不用擔心，因為我和艾希亞都會盡自己最大的力量保護自己和對方，現在就只剩下我們兩個可以相依為命、互相依賴了……」優妮可說著、說著就哽咽了，這個情況讓眼前的雷斯更顯得不知所措。

「好啦！好啦！我知道了，我會去跟她道歉，也會協助妳們在期限之內盡可能的找到剩下的兩個材料。」

「真的嗎？謝謝你！真的太謝謝你了雷斯先生！你真是個好人。」優妮可感激的拉著雷斯的手，眼中盡是感謝。

「也……也還好啦！才兩個材料而已又不是兩百個，還有妳不要趁機發我好人卡！我不是好人……」

「好了雷斯先生，那就麻煩你好好的跟艾希亞溝通了！」優妮可順勢拉著雷斯的手來到艾希亞面前，然後自己識相的往旁邊挪了好幾步。

「艾……艾希亞……那個……」雷斯原本就不常跟女孩子接觸，加上自己是一個很愛面子的大男人，要他跟艾希亞道歉其實還是有點難度的。

「幹嘛？」艾希亞說到底也是個倔強的女生，自尊心強的人通常也不太願意示弱的。

「雖然我覺得極光魔杖不太可能會成功……但我還是會努力協助妳們的。」

「不用了，如果會給你帶來麻煩的話，我們可以自己去找。」

「艾希亞，我會把自己知道的一切都告訴妳們，就算最後極光魔杖真的沒辦法製造出來，我也會跟妳一起去見普特克，然後打敗他。」

「雷斯你……為什麼要做到這種程度？我們非親非故，你也不是海爾洛的子民……」

「因為我不想看到妳受傷，更不想要看妳犧牲自己的幸福嫁給一個妳根本不愛的男人。」

「你喜歡我？」賊賊的笑著，艾希亞就像是抓到雷斯的小辮子一樣，嘴角揚起勝利的笑容。

「誰……誰喜歡妳啊！純粹只是因為妳是公主，所以覺得公主應該要嫁給跟自己身分相匹配的人罷了。」

「謝謝你，自大狂。」伸出右手，艾希亞先釋出友好的一面。

「不客氣，嬌弱公主。」兩人相視而笑，握手言和。

在一旁的優妮可抱著屁提看到這樣的景象也覺得很開心，至少氣氛是和樂融融的。

「走吧！我知道有個人是寶石供應商，在他手上進進出出的寶石量非同小可，也許他那邊會有妳們需要的極光寶石，又或者他那邊會有什麼線索。」雷斯牽著自己的馬，隨後又看著兩個女孩後說：「我的馬沒辦法一次載著三個人外加一隻企鵝行動……走過去會很耗時……」

「別擔心！屁提有鈴鐺！多咪颼多咪颼颼、芮芮波莉西西貝多！」此時在一旁的小企鵝搖響了自己脖子上的鈴鐺，就在同個時間，雲之女王宮殿的大鐘也跟著響起。

「叮——咚——叮——」

「艾希亞需要幫忙，馬兒們，拜託你們了！快去吧！」雲之女王快速的打開圍欄、解開繩索，在兩隻淡紫色的馬身上施了一點魔法，接著兩匹馬從自己的身體左右伸展出一雙潔白的翅膀，接著往天空輕輕一躍，沒多久就消失在雲端裡。

「艾希亞！」馬未到聲先到，艾希亞和優妮可往天空一看，兩個發光的小點如同流星一樣迅速的往兩人的方向飛來。「魔法有時效性，我們要快點離開這裡。」飛馬們陳述著。

「是雲之女王，她聽到我們的求救聲了！我們快走！」艾希亞和優妮可一人騎著一匹飛馬，然後由艾希亞抱起屁提、雷斯帶路，三個人前往位於寂靜森林另一端的山谷。

山谷上如同被施了魔法一樣，原本該有的翠綠樹林與清澈的山泉都沒有看到，反而被荒涼的紅土給取代，草木不生的荒地被一陣陣風吹起沙土，幸好風沙還不至於掩蓋視線，三個人很順利的就來到那位寶石商——「歐爾費鬚」的居住所。

「伊呀——」年久失修的木頭門在雷斯輕輕推開的時候發出潮濕嘎吱作響的聲音。

「歐爾費鬚？你在嗎？」走入陰暗的小木屋裡，雷斯放膽大聲的喊。

「是誰？難道是雷斯嗎？你這個騙子！」「轟！」

正當三個人走到屋子正中央的時候，一個看上去有點年紀的男子拿著一把斧頭往雷斯的頭上劈過來。

所幸雷斯反應快，立刻避開他的攻擊。

「歐爾費鬚你冷靜一點！我這次不是來騙取寶石的，這次我有帶客人來……」

「你這騙子！騙子雷斯！上次騙了我的水晶鑽石，這次又想來騙什麼！」

「哇嗚哇嗚哇嗚，我不是騙好嗎？我是智取！」

「廢話少說！你這次到底又為了什麼來這裡？如果是要來跟我拿寶石的話，絕對不可能！滾出去！」

氣的火冒三丈的歐爾費鬚拿起斧頭又要往雷斯的方向劈去，但就在這個時候，他眼角餘光發現了艾希亞和優妮可兩位公主的存在。

「唉唷唉唷！怎麼會有這麼可愛的兩位美人兒呢？」立刻把斧頭丟到一邊，歐爾費鬚用滿滿的笑容迎接眼前的兩位貴客。

「你好，我是艾希亞，這位是我的妹妹——優妮可。」艾希亞有禮貌的對歐爾費鬚打了招呼。

「妳好、妳好、妳好，看兩位氣質非凡還有身上衣著款式的樣子，兩位應該不是一般市井小民吧？」露出有點噁心的笑容，歐爾費鬚雙手在胸前緊握著，就像是要像艾希亞他們討些什麼一樣。

「歐爾費鬚，你真是瞎了眼，她們兩位是海爾洛王國的公主，未來的王國繼承人！」走到艾希亞身邊，雷斯輕蔑的對眼前的老男人說。

「公……公主殿下？唉唷、唉唷！小的有眼不識泰山，怠慢了兩位公主殿下真的很抱歉。」歐爾費鬚一邊說一邊準備對兩位公主行跪禮。

「不要這麼客氣，我們這次來是有事情想要拜託你的。」趕緊讓歐爾費鬚起身，優妮可溫和的說。

「有什麼事情是我可以替兩位公主效勞的嗎？」歐爾費鬚說。

「我們想請問你知不知道『極光寶石』？」優妮可問。

「極光寶石？」帶著疑惑的眼神，歐爾費鬚轉了轉自己圓滾滾的眼珠，像是在盤算什麼一樣。

「就是傳說中可以製造成極光魔杖的極光寶石。」艾希亞簡短的說明下。

「哎唷！兩位果然非同小可！這個找我就對了！」歐爾費鬚轉身走進櫃台裡面，接著蹲下去在櫃子裡面不知道在摸什麼。

「歐爾費鬚你不要又亂扯喔！」怕兩位公主被騙的雷斯提高音量警告著歐爾費鬚。

「我又不是你！你這個騙子！騙子雷斯！」歐爾費鬚在櫃檯下方摸了一陣之後，捧著一個不起眼的鐵盒子站起身，來到公主們的面前。

「這是……？」看著佈滿灰塵的鐵盒子，優妮可猜測著。

「沒錯！這是我的祖傳之寶，就是傳說中極光女神留下來的極光寶石。」歐爾費鬚輕輕的撥開上面的灰塵，然後慢慢的把蓋子打開。

一陣溫柔的藍光從盒子裡慢慢的渲染出來，接著一顆淡藍色的鵝蛋型寶石映入大家眼中。

「歐爾費鬚你這個會不會是假的啊？」雷斯提高警覺的說。

「不懂就閉上你的嘴！怎麼可能是假的！你看這光澤、這純淨到沒有雜質的光澤，還有這可比擬鑽石的硬度，真正的極光寶石如同夜明珠一樣無堅不摧很珍貴的！」一邊瞪著雷斯，一邊摸著自己的寶石，歐爾費鬚小心翼翼的捧著它說。

「你確定這真的是極光寶石嗎？」雷斯再度確認的問。

「你不懂就閉嘴！」極盡歇斯底里狀態的歐爾費鬚突然對著雷斯咆嘯著。

「好！好！好！我知道了、我知道了！你冷靜，請你冷靜！」雷斯退到門邊不敢再多說話去惹怒歐爾費鬚。

「公主殿下，如何呀？要不要買我這顆極光寶石呢？」歐爾費鬚狠瞪了雷斯一眼之後，轉身繼續推銷他的寶石。

「真的確定這就是極光寶石對吧？」艾希亞喜出望外的問。

「當然！您是公主殿下，我可沒有欺騙您的膽量啊！也看在您是公主的份上我才願意拿出這家傳的寶石呢！」歐爾費鬚一臉誠懇的。

「那……這需要多少錢呢？」優妮可盤算著自己身上的錢，那時候匆忙從城堡裡逃出來，根本什麼都沒有帶出來。

「這個……雖然要價非凡，但我相信兩位公主一定負擔得起的！嘿嘿嘿嘿嘿……」

「不過親愛的歐爾費鬚，我們當初匆忙的從城堡裡跑出來，身上並沒有帶太多

錢，先用這條項鍊當作抵押，等我回到王國之後你再帶著這條項鍊來找我，到時候一定會給你很豐盛的謝禮！」艾希亞懇求著說。

「這……」面露難色的歐爾費鬚很快的就蓋上了鐵盒子，將他口中的「極光寶石」收到自己身後。

「拜託！歐爾費鬚拜託你！這顆寶石真的對我們很重要！求求你好嗎？」優妮可也跟著懇求著。

「畢竟兩位是公主等級的貴客，要把我珍貴的祖傳寶石給妳們也不是不能……」

「那你還需要什麼呢？我們也只有這條項鍊可以給你了。」艾希亞和優妮可互看一眼後說。

「妳的皇冠。」歐爾費鬚朝著艾希亞說。

「那不行，那可是我身為公主最珍貴的證據，是我的父王與母后給我的禮物，是代表整個國家統治者的象徵，對不起，我的皇冠不能給你……」

「歐爾費鬚先生，請問除了皇冠之外，沒有其他東西可以做抵押了嗎？」優妮可提出其他交易的辦法。

「嗯……」

「歐爾費鬚！我用自己的溜冰鞋跟你交換吧！這雙溜冰鞋的價值你最清楚了不是嗎？」依靠在門邊的雷斯此時開口出聲。

「真的？你真的要把溜冰鞋給我？」瞪大眼睛的歐爾費鬚不可置信的看著雷斯。

「嗯！給你！」說完便把自己的溜冰鞋丟給歐爾費鬚。

後者接過之後想都沒想立刻把手上的鐵盒子交給艾希亞。

「謝謝你！那麼……我的也送給你吧！」從隨身包包裡拿出自己當初匆忙離開城堡只帶出來的鑲鑽溜冰鞋，艾希亞以它做為交換，感謝歐爾費鬚的幫助。

第八章　消息走漏

「艾希亞，妳真的相信歐爾費鬚嗎？」騎著馬走在路上，雷斯對艾希亞問。

「我相信你。」艾希亞直視前方，沒有回頭看著在一旁的雷斯說。

「妳相信我跟相信歐爾費鬚有什麼關係？」

「因為歐爾費鬚是你介紹給我們認識的，我因為相信你，所以也相信你的眼光。」

「雖然他是這一帶最有聲望的寶石商，但他其實為人狡猾又很容易欺騙別人……」

「看他剛才快要歇斯底里的狀態，感覺是你欺騙他比較多呢！」

「哎唷！那是有原因的啦……」

「不管是什麼原因都不重要，對我來說只要拿到極光寶石就好。」聽完艾希亞的話之後，雷斯陷入沉默。

他不相信那顆寶石真的是極光寶石，應該說，打從心裡他就不相信極光女神的傳說。

三個人騎著馬走著、走著，來到距離歐爾費鬚寶石店有一段距離的山谷，這裡不像歐爾費鬚的店面所在地一樣，這裡多了一片翠綠的小森林以及一個小池塘，附近還有一個自然形成的山洞。

就像是上天安排好要讓他們在這裡過夜休息一樣，食物、水源、木材都具備了，是個很適合補充體力的中繼站。

「今天晚上就在這裡過夜吧！天色會越來越暗，要繼續往前走可能有點困難。」雷斯下馬勘察了地形後，接著走出洞穴對著兩位公主說道。

「艾希亞公主、優妮可公主，雲之女王在我們身上施展的魔法快要消失了，我們必須回到雲之王國。」此時在一旁的兩隻飛馬突然開口說話。

「真的很感謝你們的幫忙，也請替我們向女王陛下轉達感謝之意。」優妮可向兩隻飛馬行過禮後　道。

「一定要這麼快就回去嗎？」雷斯問。「如果之後還需要你們幫忙該怎麼辦？」

「我們能幫的忙只有這樣，雖然很抱歉但我們必須要回去了，因為魔法消失之後我們就沒有飛翔的能力，要回到雲之王國會很困難。」飛馬說。

「沒關係，你們快回去吧！很謝謝你們的幫忙。」艾希亞拍了拍兩隻飛馬後，目送他們展翅飛往雲端。

「趁天色還沒完全暗下來，我去撿一些樹枝和看看附近有沒有稻草或是可以鋪

成床的樹葉過來。」優妮可在確認看不見飛馬的影子後，便轉身走向樹林裡。

「那屁提去提一些水，順便找果實。」小企鵝跟著優妮可之後，也去尋找食物與水源。

「艾希亞妳留在這裡，我去看看附近有沒有野獸出沒。」雷斯拿起掛在馬旁的劍，也往樹林走去。

沒過多久優妮可和雷斯先後回到紮營處，也先後帶回了很多乾柴與落葉枯枝。

「把這些鋪在那邊，我這裡有桌巾，鋪在上面睡會比較舒服。」雷斯對著優妮可說，然後把優妮可帶回來的乾柴架好，準備升火。

「雷斯，我有個很好奇的問題想知道。」艾希亞一邊將馬兒拴在一旁的樹上，一邊對著蹲在乾柴堆前的雷斯說。

「嗯？」

「剛才在歐爾費鬍那邊的時候，你拿了自己的溜冰鞋跟他交換這顆極光寶石，那看起來是一雙很普通的溜冰鞋呀！為什麼很重要？」

「那雙溜冰鞋的冰刀，是用鑽石做的。」

「鑽……鑽石？」

「嗯！那不是普通的鑽石，而是一種很稀有的人工軟鑽。」

「軟鑽？我只知道鑽石的硬度是眾所皆知的硬，第一次聽到軟鑽這種東西。」

「軟鑽是一種很特別的鑽，因為它同時具有一般鑽石的硬度以及延展性，無論你使用軟鑽去做成什麼工具，都會比用原本材料製造還要好上很多，因為它被普特克下過魔法了。」

「你的意思是，如果我用軟鑽去做成菜刀，那它會比一般的鐵刀或鋼刀來得堅硬嗎？」

「不只有堅硬，還能很鋒利。總之軟鑽因為延展性強所以可以做成任何形狀與工具，也因為硬度高所以不容易被破壞；用它製成的溜冰鞋可以很輕易的滑在有一定冰層的湖泊上，而且不會把冰塊切開，但卻可以讓你在溜冰的時候滑得更順暢、更安穩。」

「難怪剛才歐爾費鬚一聽到你要用溜冰鞋交換，眼睛立刻亮得跟太陽一樣。」

「他只要把我那雙溜冰鞋的冰刀拆下來，他想要重新把它打造成任何模樣都沒問題。」

「等等，你剛剛說『被普特克下過魔法』是怎麼一回事？」

「為了要抓緊那些手握大權的人心，他在普通的鑽石上面下了一些魔法形成軟鑽，把那些當作交際應酬的禮物是誰都會歡心。」

「他擁有這麼強大的魔法，為什麼還要收買人心？」

「你沒聽過『敵人少一個是一個』嗎？與其要他動手用魔法處理這些反抗他的人，不如好好的收買他們，他也不需要成天為了反抗的事情煩惱，我相信如果是妳也一定會跟他做一樣的舉動，至少我會。」

「嗯……說的也是……」

艾希亞抱著已經回來的屁提，坐在不知不覺就把火堆升好的雷斯對面，優妮可則是不發一語、臉色凝重的待在艾希亞身旁。

「優妮可，妳還好吧？是不是餓了？」察覺到優妮可的心事，雷斯一邊撥弄著火堆，一邊從袋子裡拿出麵包遞給優妮可。

「謝謝你雷斯先生，但我不是餓了，可能是睏了吧！東奔西跑了一整天……」接過雷斯的麵包放在自己的雙腿上，優妮可伸了個懶腰說。

「兩位公主，我們今晚要在這裡過夜，為了預防這裡會有猛獸出沒或是出現什麼奇怪的人，我們必須輪流守夜，妳們先去睡吧！」雷斯一邊替火堆添增木材一邊說著。

而艾希亞拍了拍優妮可的肩，後者稍微點點頭後便抱著屁提一起進入了更深的洞穴中。這是兩位公主第一次在野外過夜，雖然很不習慣但總要學著適應。

而在洞口附近的雷斯則是不發一語的坐著守夜。

在外面生活根本比不上在自己家裡有父王母后以及管家幫她們打理得好好的，現在一切都必須自己處理，也幸好兩位公主沒有所謂的公主病，這點小事兩人很快就能適應了。

時間進入了深夜，空中點點繁星一閃一閃的，而在這片星空下的另外一頭，也就是稍早三個人才從那裡離開的歐爾費鬚寶石店，發生了一點點小小的變化。

「噢——親愛的魔法師大人，歡迎您大駕光臨。」把抑揚頓挫放錯位置的歐爾費鬚用很奇怪的腔調對著從門口走進來、披著黑色斗篷的男子說。

「歐爾費鬚，你這麼著急的要求我來到你這間小店……想必是有很重要的事情吧？」男子摸了下手中的魔杖說著。

「當然、當然，我這件事情可是超級重要呢！但是……嘿嘿嘿……要給我一點甜頭……您知道的……嘿嘿嘿……就是那個呀……」貪婪的搓著雙手，歐爾費鬚笑到嘴角都要碰到眼角了。

「唉……」隨手一揮，普特克手中的魔杖發射出一道芥末色的光芒彈射到天花板上，接著如同下毛毛雨一般的金幣開始掉在屋子裡。

「好了快說！」普特克在三秒之後再度揮動著手上的魔杖，金幣雨立刻就停了。

「嘿嘿嘿！謝謝普特克大人。」即便只有三秒，歐爾費鬚也拿到了足以讓他過好下半輩子的金幣。

「這件事情最好值得讓我花這麼多時間跟你耗在這裡。」

「普特克大人，今天稍早來了三位貴客，一個男的、兩個女的……」

「你就為了這件事情把我找來？你不知道我很忙嗎？你這破店時不時都會有客人上門，來幾個男的幾個女的關我屁事？」普特克的火氣立刻上升，大聲的對著歐爾費鬚咆嘯。

「大……大大大……大大人，請冷靜呀！我怎麼敢為了這點小事就勞煩您跑這趟呢！當然是那三個人非同小可，有讓我必須像您告知的必要啊！」歐爾費鬚被普特克突然上升的火氣給嚇得手上的金幣都拿不穩。

「呼……你說吧！」緩了緩自己的情緒後，普特克把魔杖隨意一揮，堆在一旁的木頭立刻變成一張椅子。

「大人，好的消息值得更多的金幣呢……」又是貪婪的看著普特克，歐爾費鬚如同沒有上限一樣不停的敲詐著眼前的魔法師。

「錢不重要，不過等一下如果這消息沒有這些金幣的價值，我一定會讓你體驗一次成為青蛙的感受。」再次揮動魔杖，剛才的金幣雨又下了三秒的時間。

「嘿嘿嘿！謝謝大人！我剛剛說的那三個人當中，有兩位是皇室成員，而且是海爾洛王國的公主呢！」

「海爾洛王國的公主？」

「是呀！小的聽說大人最近向海爾洛王國提親的消息，所以特地將此事告訴大人您呀！」

「他們來這裡做什麼？」

「大人……」貪婪的歐爾費鬚無止盡的要求普特克提供金幣。

「嘖！」對普特克來說，給予金幣並不是什麼很大的開銷，畢竟他是魔法師，金幣要多少有多少嘛！

「他們來尋找一塊名為『極光寶石』的礦物。」

「極光寶石？難道是要製作極光魔杖嗎？」普特克喃喃自語道。

「沒錯！看那兩位公主的神情好像很急迫，於是我就拿出了一顆寶石……」

「你這裡有極光寶石？」普特克立刻從椅子上站起來，睜大眼看著眼前的寶石商人問道。

但歐爾費鬚怎麼會錯過每一次普特克的提問呢？當然又是好好敲詐他一筆了，即便每次金幣雨只下三秒，但多次一點，整間小店要鋪滿金幣也是有可能的。

「我這裡當然沒有極光寶石，那都是傳說、是騙人的！這世界上除了偉大的普特克魔法師大人之外，還有誰能與您抗衡呢？沒有嘛！」

「你講重點！」

「是……」突然被普特克大吼一聲，歐爾費鬍手上的金幣立刻匡啷匡啷的全掉在地上。「我就把一顆即為普通的石頭染上藍色的螢光香劑，讓它看起來像是真的一樣，然後騙他們說那是極光寶石，嘿嘿嘿……」

「你剛剛說……他們是要製造出極光魔杖嗎？」這次不等歐爾費鬍自己開口要，普特克立刻讓金幣雨再度降臨在屋內。

「是的大人！噢——謝謝大人！」接金幣接到手軟的歐爾費鬍，看到那些閃著金光的圓幣整個貪婪的樣子更明顯了。

「做得好。」誇獎了歐爾費鬍一句後，普特克轉身面對大門，準備要離去。

「謝謝大人！哇啊——」開心迎接著下不停的金幣雨，歐爾費鬍根本沒注意到普特克正陰險的笑著。

「不客氣！總是要給這麼值得的消息一點回報嘛……」這次普特克連轉身都沒有，舉起自己的魔杖往天花板一揮，接著從魔杖頂部發射出的芥末色魔光彈到天花板，接著再彈到牆壁上，最後那道魔光射入了歐爾費鬍的身體裡面。

己的小木屋裡。

「砰！」原本開心接著金幣的歐爾費鬚立刻變成一張灰色地毯，平躺在那間自

「你這麼喜歡接金幣，那就讓你躺在地上接個夠吧！」將金幣雲還有那些降落的金幣回收後，普特克走出了那間小木屋，騎上鷹獅離開了那個地方。

「看樣子我得加快速度制伏你們了，極光魔杖雖然是個傳說，但只要是有可能會發生的事情，即便只有零點零一的機率，我就必須要阻止你們，斷絕所有的可能性。」騎在鷹獅上喃喃自語，普特克心中浮起一股不安。

「海爾洛王國的皇室都是這種脾氣嗎？好好的嫁給我不好嗎？」拍著不能說話的鷹獅，普特克無奈的說。

「跟著我還能吃香喝辣，過著很好的生活，還能讓妳們的爸媽和全國子民恢復原狀，這麼好的條件為什麼還要拒絕呢？」普特克皺著眉頭想不通為什麼當初艾希亞要拒絕自己的求婚。

「難道是因為我太帥？怕跟我在一起不安心嗎？」普特克摸著自己的八字鬍，滿意的笑了下。

而鷹獅的眼神瞬間流露出一種「你無藥可救了」的表情。

「總之我們先回城堡一趟，找到那位小美人的時候要用最帥氣的樣子出現。」

普特克噁心的笑了下。

「雖然極光魔杖的傳說是虛幻的，但如果真的被他們製造出來，我就不是世界上最強大的巫師了，到時候要為所欲為就更不可能了！」說出自己內心的隱憂，他必須快點找到艾希亞才行。

普特克駕著鷹獅越飛越高，穿過雲層往自己的城堡飛去。

另一邊正在守夜的雷斯靜靜的凝視著眼前的火光，腦中浮現了爸爸和自己相處的一些場景。

「雷斯、雷斯！」熟悉的嗓音在耳邊響起，接著一雙手搭在自己的肩上，雷斯眨了下眼睛後回頭一看。

「妳什麼時候醒的？還沒輪到妳不是嗎？」看著坐在自己旁邊的艾希亞，雷斯問。

「擔心父王和母后，所以睡不太著。」捧著裝有極光寶石的鐵盒子，艾希亞面色凝重的說。「還有優妮可，雖然她表面上很鎮定，但心裡應該很慌亂，整天下來精神越來越差，剛才花了好久的時間好不容易才睡著。」

「事情總會有辦法解決的，妳們不要太操心了！與其把時間留給操心，不如好好的想該怎麼解決比較重要。」雷斯拿起一旁的木材，替火堆多添加了幾根進去。

「如果一切都能順利就好了……」

「一定會的！不要擔心。對了！妳知道要怎麼融合極光寶石跟魔棒嗎？」

「嗯！極光寶石聽說是需要經過冶煉的，這個可能需要鐵匠的幫忙……」

「鐵匠？為什麼？」

「不然要怎麼跟魔棒合體？」

「那我只能說妳真的很幸運。」

「幸運？我一直以來都很幸運啊！在遇到你之前……遇到你之後就不太……」

「欸欸欸！幹嘛這樣！我說妳很幸運是因為我就是一個鐵匠。」

「你是鐵匠？」瞪大圓圓的雙眼，艾希亞不可置信的看著雷斯說。

「對啊！妳把寶石跟魔棒給我，用火的熱度應該可以讓他們鑲在一起。」

「你確定嗎？你如果把我的寶石或魔棒弄壞，我一定跟你沒完沒了喔！」

「唉唷！如果真的被我弄碎，那表示不是真的啦！」

從艾希亞手中接過極光寶石跟魔棒，雷斯從袋子裡拿出一根小鐵鎚，在火上烤得通紅，接著拿出老虎鉗夾住極光寶石，打算在火裡烘烤一段時間。

「你怎麼會隨身攜帶這個？」艾希亞感到神奇的問。

「我剛剛不是說我是鐵匠了嗎？這些都是基本配備好嗎！」頭也不回的雷斯認

真的看著慢慢變得通紅的極光寶石，接著拿起同樣烤得通紅的鐵鎚，輕輕的往上一敲。

那顆寶石原本就不是一顆真正的極光石，只是歇爾費鬍用來欺騙他們的幌子，被火這麼一烤之後，上面的染料都龜裂了，再經雷斯這麼輕輕一敲，裂痕更大了！

可是火光太刺眼，雷斯並沒有注意到手上這顆「極光石」已經產生許多裂痕了。

第九章　第七極光

「茲茲！茲茲！」火焰在雷斯加入許多乾柴之後變得越來越強，努力想要把寶石跟魔棒融合的雷斯非常專心於火光中的極光石，而寶石上面的裂痕卻越裂越深。

「啊——！」就在雷斯敲到一半的時候，原本就已經承受不了重擊與火烤的「極光石」直接從雷斯的敲擊點裂開。

「慘了！」看著眼前分成兩半的極光石，雷斯默默的轉頭看向在一旁的艾希亞，兩人四目相交大約零點七秒之後，雷斯立刻迴避她的視線。

「雷斯？你還好嗎？沒事吧？」因為靠近火堆太危險而與雷斯保持些許距離的艾希亞，發現雷斯不對勁的眼神心中突然感到不妙。

「嗯……艾希亞……我想……」

「你成功了？是嗎？是不是成功了？我看看！」

一把搶過雷斯手上的魔棒。「匡啷」一聲，原本就裂成兩半的極光石居然整個碎開。

「這……」不敢相信自己眼前的事實，艾希亞整個人傻在那裡。

「艾希亞……這極光石是假的啦！」就像突然想到什麼一樣，雷斯指著那堆碎

片對著艾希亞說。

「你把我的極光寶石敲碎還好意思跟我說它是假的？」突然失去理智的艾希亞不悅的說。

「它本來就是假的，所以才經不起我這樣敲打啊！」

「我看根本就是你技術不純熟，所以才敲壞我的寶石吧！」

「哇塞！我家世世代代都是鐵匠出身，妳這麼說會不會太汙衊我的家族了啊？」

「這跟你的家族無關，而是跟你這個人本身有關，早知道你技巧這麼差，我寧可去找專業的鐵匠幫我做融合的動作。」

「就妳這塊破石頭，就算妳找到全天下最棒的鐵匠，也是敲一敲就裂開了啦！」

「你……你這個人怎麼這樣啊！我看你根本就不想要讓我製造出極光魔杖吧！」

「我不讓妳製造出極光魔杖？那我幹嘛在森林裡幫妳這麼多？我們又不認識！還有我為什麼要帶妳去找世界上最多寶石庫存的寶石商？雖然他狡猾了一點，但不可否認他擁有的寶石是全世界最多的；還有我為什麼要這麼好心提出幫妳融合兩種東西的建議？妳有答應要給我什麼嗎？」

「雖然我不知道你到底存了什麼心，但是好不容易找到的極光石毀在你手中，你要怎麼幫我解決這件事？你要代替我嫁給普特克嗎？」

「如果我有辦法男扮女裝還不讓他認出來的話，我就代替妳嫁給他。」

「哼！你不要說那些天方夜譚，就算他婚禮當天太高興沒認出你是男人，難道永遠都認不出來嗎？他又不是瞎了！」

「妳放心，我如果真的能騙得了他，我在第一個晚上就會殺了他。」

「殺了他？看你一副說得很容易的樣子，你怎麼知道自己做得到？難道又要像剛剛敲極光石一樣的敲他嗎？你以為他是誰？他是足以把所有人都石化的魔法師欸！你可以不要這麼異想天開嗎？」

「艾希亞……」

「你不要跟我說話！你放開我！」為了讓越講越激動的艾希亞冷靜，雷斯抓住艾希亞的雙手，但後者卻開始掙扎。

「妳冷靜一點。」

「這要我怎麼冷靜？你根本就一直在壞我好事……」

「艾希亞妳冷……」

「啊——」就在一陣拉扯之間，艾希亞脖子上的項鍊不小心被雷斯扯了下來，

接著就像有人掐著自己脖子一樣，艾希亞突然覺得呼吸困難。

「艾希亞！艾希亞！妳怎麼了？」雷斯著急的想要扶起跪在地上的艾希亞，但後者卻不停的摀著胸口，直翻白眼，可怕的模樣讓雷斯趕緊叫來優妮可和屁提。

「艾希亞！艾希亞！快回答我啊！」優妮可也跟著跪在艾希亞身旁，眼前姊姊的樣子讓她感到無比恐懼與慌亂。

「不要過來……」輕輕的說出這句話之後，艾希亞突然抬頭，整個人雖然跪著但是正面朝上，體內就像有大量的能量要爆發開來！

「我快不能控制自己的意識了，你們走開……」在意識消失之前，艾希亞一直跟自己說千萬不要傷害優妮可和雷斯。

於是她用盡最後的力氣跑到不遠處，然後在意識消失的瞬間，天空同時出現六道極光，看似緩慢卻很迅速的射入艾希亞心臟的位置。

艾希亞就像被施了魔法一樣，整個人平躺的浮在空中、雙手自然的下垂、雙眼緊閉但呼吸卻漸漸平緩，她感覺到身體裡的能量正慢慢的在醞釀中，也漸漸的穩定下來。

原本黑暗的四周也因為極光的照射而顯得光亮，艾希亞就這樣飄在空中過了一小段時間，直到破曉時，從六個點射下來的極光慢慢的與晨光融成一體，那是有點七彩又帶點金色的光芒。

「第……第七極光？」優妮可不可置信的看著眼前的景象。以往只在書上讀到關於極光女神的傳說，如今親眼見到傳說中的第七極光，優妮可被眼前的情況給震懾住了。

「雷……雷斯，艾希亞不會發生什麼事吧？她應該還活著吧？」優妮可擔心的問。

「她在離我這麼遠的地方，我也沒辦法確認……」雷斯也心急的看著飄在上空的艾希亞。

「她怎麼會發生這種事？」優妮可轉頭問雷斯。

「啊！這個！」雷斯將緊握在自己手中的，那條艾希亞的項鍊遞給優妮可。

「這……這怎麼在你這裡？」優妮可瞬間瞪大瞳孔。

「剛才起了一點爭執，我不小心扯了下來……」

「什麼！你這個笨蛋……這條項鍊從艾希亞出生就一直戴在她身上，母后千交代萬交代絕對不能拿下來，也因為她樣式輕巧所以艾希亞這二十幾年來沒有拿下來過，你居然就這樣扯了下來……」

「為什麼要一直戴著？是護身符嗎？」

「艾希亞她……啊！艾希亞！」優妮可想要對雷斯解釋些什麼，但兩人的注意力瞬間就被從空中緩緩降下的艾希亞給吸引了。

「艾希亞！妳覺得怎麼樣？沒事吧？」雷斯抱著降在自己懷裡的艾希亞，緊張得捧著她的臉問。

「艾希亞！艾希亞！妳聽得見嗎？」在一旁的優妮可也緊張得輕搖著緊閉雙眼的姊姊。

「嗯……」皺了下眉頭，艾希亞緩緩張開眼睛，接著看了下自己的雙手。「我覺得身體裡面有一種我說不出來的力量……」

「妳全身都在發光欸！妳是吃了螢光劑嗎？」雷斯很不會看人臉色的開了一個不好笑的玩笑。

「我不介意你說我是一顆會閃閃發光的星星，那聽起來會更悅耳……」吃力的站起身，艾希亞白了雷斯一眼後調整著自己的呼吸。

就在艾希亞一呼一吸的過程中，身上的光芒跟著漸漸亮起來的日光一同射往極光山巔的某個點上，如同力量的傳輸一樣，艾希亞漸漸恢復原本正常的樣子。

「那裡。」艾希亞指著極光最後消失的地方。「有極光寶石。」

「妳怎麼知道？」雷斯不相信的問。

「女人的第六感。」慢慢走回原本紮營的山洞口，艾希亞看著因為沒有繼續添加木材而熄滅的火堆，還有那些碎成碎片的極光石，內心突然認可了雷斯的那些話。

「雷斯說的對，真正的極光石不容易被敲破，更何況……我相信極光石不會有這個。」艾希亞伸出手，指尖沾了一些藍色的螢光染劑。

「這是……」優妮可走上前摸了下艾希亞的手，隨後一陣充滿刺鼻的化學藥味飄進鼻腔裡。

「我們被歐爾費鬚騙了，就說那傢伙是個大騙子！」雷斯憤恨不平又帶點抱歉的說。

「算了雷斯，大家都是受害者，我覺得剛才極光消失的地方一定有我們要的極光石，我有一種很強烈的感覺，就像磁鐵異性相吸一樣，極光山巔好像在對我發出邀請……」望著很遠的極光山巔，艾希亞堅定的說出自己的感受。

「可是那裡好遠……沒有飛馬的幫助，屁提不想用走的……」低下頭，屁提的雙鰭左右在身旁甩動，就像在撒嬌一樣。

「別擔心，我可以帶你們過去。」雷斯蹲下來拍了下屁提的頭說。

「你的馬要載著三個人外加一隻企鵝？」優妮可挑了一下左邊的眉，隨後看著被拴在樹旁的馬，牠臉上散發出一種「拜託不要」的表情。

「走過去太花時間了……雷斯又不可能載著我們大家一起過去……」艾希亞為此深深的煩惱著。

「不然妳們騎我的馬過去，我跟屁提留在這裡。」雷斯說。

「不，應該是雷斯跟艾希亞一起去，我跟屁提留在這裡。」優妮可說。

「為什麼？屁提也要去。」像個孩子討糖吃一樣，小企鵝急跺腳說。

「屁提你乖，雷斯是男生，他可以保護艾希亞。」優妮可安慰著屁提，溫柔的說。

「屁提也是男生啊！屁提也可以保護艾希亞！」眼角泛著淚光，屁提不甘願的回說。

「屁提還是小男生啊！你這樣會給艾希亞添麻煩的，艾希亞還要照顧你這樣不好吧！」雷斯也加入安慰的行列，但效果好像沒有預期中的好。

「不管啦！不管啦！你們都不讓屁提跟，艾希亞是不是討厭屁提了？艾希亞只喜歡雷斯……哼……」大家被屁提莫名其妙的吃醋外加生氣感到又好氣又好笑。

「屁提，你是艾希亞的朋友，我怎麼可能不喜歡你呢？只是現在只有一匹馬，要大家一起過去真的有困難，為了我的王國我必須去極光山巔拿回極光寶石，你能乖乖聽話跟優妮可待在這裡嗎？」艾希亞最後也拗不過屁提的請求，跟著雷斯與優妮可一起哄著他。

「我不要……我不要！」不知道為什麼突然任性起來的屁提跟孩子一樣哭鬧著。

「唉……這該怎麼辦呢……」

「我想……我的馬多載一隻企鵝應該不會重到哪裡去……不然我們帶著屁提一起去好了。」雷斯把自己的馬牽過來後說。

「不行啊！我不能放優妮可自己在這裡，很危險！萬一普特克找到她怎麼辦？我不能讓她一個人待在這裡。」艾希亞堅決反對這項提議。

「唉……」優妮可這時候站起身，走到距離他們稍微遠一點的地方。「沒辦法……只能這麼做了……」

優妮可解下自己脖子上的項鍊、拿下頭上的皇冠，雙手在胸前畫了一個大圓之後如同天鵝擺翅一樣的揮動著，接著周圍的氣流開始慢慢的以優妮可為中心慢慢被吸收過來變成一個氣流漩渦。

「優妮可！」從沒見過優妮可這個樣子的艾希亞，忍不住大聲喊住她。

而優妮可就像是沒有聽到艾希亞在呼喚自己一樣，繼續不停的吸收附近的空氣，接著好像在施魔法一樣，點點光芒開始出現在氣流裡面，接著把優妮可高舉到

空中讓她緩緩的轉著圈。

接著整個氣體開始變成淡紫色，慢慢的把優妮可包起來，從外觀看起來就像一個淡紫色的蠶蛹一樣。

「轟——」蠶蛹的左右兩側如同被一道利刃刺穿一樣的破出一對淡紫色的翅膀。

如同鷹翅一樣，只是再多放大好幾倍的尺寸，羽毛也整齊的排列著。

優妮可原本纖細的四肢開始變成馬蹄、原本瘦弱的身軀變成高大的馬身、原本美麗的容顏變成拉長的馬面，頭上也長出一根獨特的角，還有剛才被優尼可放在地上的皇冠也飄起來鑲在她的頭角上形成裝飾。

「優妮可……妳……」看著破繭而出，在空中繞了幾圈後降落在自己面前的優妮可，艾希亞驚訝得說不出話來，這幾天能讓她驚訝的事情太多、太多了。

「艾希亞，我相信妳值得讓我這麼做。」完全化身成獨角獸的優妮可開口說道。

「我……我怎麼不知道妳……妳是……妳怎麼……我……」吃驚得說不出話，艾希亞結結巴巴的樣子不亞於一旁張開嘴表示完全驚訝的雷斯。

「艾希亞，對不起我現在才告訴妳這件事……」優妮可語帶抱歉的說。

「不不不！不要道歉，但跟我說這是怎麼一回事……」摸著優妮可的臉，艾希亞眼中流露出不捨。

「我們身上的項鍊都是我們的母親為了封鎖我們身上的封印而特地製作的，在我們周歲前戴上，能量就不會爆發，我們就能很安穩的度過自己的人生，海爾洛王國歷代的公主或女王，都有這樣的『護身符』。」優妮可慢慢的解釋著。「我的身上有一道咒語可以讓我變成獨角獸，可是缺點是變了之後就無法再恢復人形了……」

「什麼？無法恢復人形？為什麼？到底發生什麼事？優妮可，拜託妳把妳知道的事情都告訴我。」

「艾希亞，我接下來說的話可能會讓妳覺得很驚訝，因為這會顛覆妳的記憶，也許會讓妳覺得過去的一切都不是真實的，但是請妳相信我，這一切都是我們的母親為了要保護我們才這麼做的……」優妮可垂下雙眼，有點哽咽的說。

「妳說吧！妳是我最親愛的妹妹，無論發生什麼事情我都會陪在妳身旁。」艾希亞輕輕的拍著優妮可，就像雨後的陽光一樣溫柔的安慰眼前的妹妹。

「其實海爾洛國王的公主只有一位……」優妮可娓娓道出心中的祕密。

「怎麼可能只有一位？」

「正統的海爾洛王國只有一位繼承者，就是妳。」

「不對啊！怎麼會只有我？失蹤的梅洛絲不算的話，還有妳啊！」

「我並不是海爾洛王國的公主，我不是海爾洛國王與皇后的親生女兒……」

「怎麼可能！妳不要開玩笑了！妳怎麼可能不是海爾洛王國的公主？我們從小一起長大，大家也都會叫妳公主殿下，妳怎麼可能不是公主？妳不要開玩笑了！妳是我的妹妹——優妮可，是海爾洛王國最小卻最成熟懂事的公主啊！」否認事實的艾希亞一臉「這種玩笑不好笑」的看著優妮可。

「這是真的……所以我剛剛才會說可能會顛覆妳的記憶！」優妮可無奈的說。

「怎麼會……優妮可，到底發生什麼事！」心急的艾希亞迫不及待想要知道整件事情的來龍去脈，而眼前的優妮可則是嘆了一口氣之後緩緩的說出自己知道的事實。

第十章　拿你所需、不可貪求

「奇菲，妳最近看起來很憔悴……妳和普特克還好嗎？」說話的是奇菲從小到大的兒時玩伴。

「嗯……普特克最近變得好奇怪，容易發脾氣，又成天把自己關在農田裡的木屋裡，聽普莉思說他已經這樣一段時間了，婚前還不會這麼明顯，但自從去了一趟黑森林回來之後就變成這樣，我問他什麼他也不願意告訴我，只說我們女人不懂這種東西……」手上抱著剛出生不久的女兒，名為奇菲的女人憔悴的看著面前的友人，黑眼圈黑到如同喪屍一般，整個臉頰也往內凹，突出的顴骨與先前活潑亮麗的樣子完全判若兩人。

「妳有正常吃飯休息嗎？」友人擔心的問。

「沒有……隨時都要注意普特克的脾氣，只要稍微不順他的心他就變得好像要把我跟優妮可吃掉一樣。」奇菲皺著眉頭說。

「這樣怎麼可以？離開普特克吧！來我這裡，我會給妳們母女倆很好的照顧，而且梅洛絲和艾希亞一定也會很開心多了一個小妹妹可以一起玩耍。」

「不……現在唯一可以讓普特克恢復理性的只有優妮可，只有她的笑聲和存在

才會讓普特克稍微恢復一點父親該有的樣子。」

「那你們的農田呢？」

「早就荒蕪了，光是依靠我跟普莉思要怎麼耕作？更何況還要照顧優妮可……」

「我們兩個從小一起長大，我有幸嫁到皇室，理應帶著妳一起進入宮廷的……看妳這樣我真的很不捨……」

「其實普特克也不是不好，他原本也是一個很務實的人，只是我也不懂怎麼會在這麼短的時間之內變成這個樣子……」

「普莉思呢？妳帶著優妮可跟普莉思一起來我這裡吧！離開那個不能給妳幸福的男人！」

「可是他其實也沒有這麼壞……我再觀察看看吧！」

「如果妳這麼堅持我不會阻止妳，但妳絕對要好好保護自己和優妮可，有什麼困難一定要向我求救，知道嗎？」

「謝謝妳……我知道。」看著懷中的女兒，奇菲有必須堅強的理由。

而這樣的堅強看在友人的眼中更是不捨，明明都是一起長大的好朋友，她幸運被王子選中成為王子妃，隨後丈夫繼位，自己成為海爾洛王國的皇后，身旁一雙女兒聰明活潑、身旁的丈夫對自己更是疼愛有加，在大家眼中是個充滿幸運與幸福的女人。

反觀眼前的奇菲，當初比自己還要早論及婚嫁，而且還嫁到距離海爾洛王國兩個山頭遠的地方。

看著她當初幸福的樣子，即便丈夫只是個小農夫，經營著一塊小土地，但兩人和小姑一起努力的維持整個家庭。不久之後便有了新成員的報到，以為人生就此圓滿，丈夫普特克卻在此時變得行為怪異、脾氣也一百八十度的大轉變。

就在海爾洛皇后與奇菲分開過後沒幾個月，天空開始出現芥末色的雲朵以某個點為中心開始從四面八方聚集而來，雷電更是響閃不停。

那個中心點正是奇菲的居住地——距離海爾洛王國很遙遠的那個小村落。

「皇后陛下，奇菲葛雷特於門外請求會面。」正當皇后站在窗邊看著那些不祥之雲的同時，城門外的守衛上前通報。

「是奇菲！快點，讓她進來。」提起裙襬，皇后小跑步的離開房間直接來到大廳。

「皇后陛下。」頭髮蓬鬆零亂的奇菲抱著優妮可，在侍衛的引領下來到皇后的面前。「碰」的一聲跪在她面前。

「奇菲妳發生什麼事了？快點起來！」扶起看起來比上次見面更加憔悴的好朋友，海爾洛皇后十分不捨與擔憂，連忙追問事情始末。

「是普特克……他……他……」奇菲因為過於緊張而支支吾吾的說不出什麼話。

「妳不要慌慢慢說，我在這裡，妳不要怕，到底發生什麼事了？」扶著奇菲來到自己房間的海爾洛皇后先是把優妮可交給一起照顧梅洛絲與艾希亞的保母之後，接著替好朋友倒了一杯溫水，不停安撫著她的情緒。

「呵……呼……」稍微緩和了一下心情後，奇菲接過海爾洛皇后手中的水一飲而盡。「先前普特克怪異的行為我終於知道是為什麼了……」

左看右看一番，眼中盡是恐懼與擔憂，奇菲緊緊的抓著海爾洛皇后的手繼續說：「原來普特克和普莉思兩人外出的時候撿到極光女神當初遺留在人間的極光寶石碎片，普莉思因為為人正直所以修得白魔法，成為雲之女王。但是普特克卻不滿意只有白魔法的程度……他想要更多、更多、更多……」

於是奇菲說出了普特克修練黑魔法的種種過程，不但讓自己變成面目全非的黑魔法師，甚至還威脅自己的親妹妹——普莉思不得干預他任何行為，否則等他滅了人間之後，雲之王國也別想存活。

「現在呢？他現在在哪裡？」海爾洛皇后憂心的看著奇菲問。

「妳看到芥末色的雲了吧！普特克一點一滴的在擴大自己的魔力，等他完全變成黑魔法師之後就來不及了，所以我可以拜託妳一件事嗎？」奇菲說完便跪在床邊，眼淚大顆大顆的往下掉。

「奇菲妳起來，不管妳有什麼要求只要我做得到我都會答應妳！」海爾洛皇后立刻將好友扶起。

「求求妳代替我好好的扶養優妮可……我不能讓她在那種黑暗的環境下長大……這是我身為母親最後能為她做的……」

「優妮可待在我身邊會很安全，但是妳怎麼辦？」

「我必須回到普特克身邊，要假裝優妮可失蹤的樣子，而且為了不波及你們，我必須要回去。」

「妳不要回去了，城堡千軍萬馬難道沒辦法保護妳們嗎？」

「不要犧牲這麼多人，我回去也許還有辦法壓制普特克的脾氣，但如果普特克找上門，我們要拿什麼跟他的黑魔法抗衡？只會讓海爾洛王國陷入更深的絕境而已。」奇菲聲淚俱下的請求著。

「我知道了……但妳一定要一切安好，一定要好好保護自己……我希望我們還

有再見面的一天，妳不要忘了優妮可還在等妳回來。」

「謝謝妳……」奇菲慎重的向海爾洛皇后道謝。「這條項鍊是普莉思給我的，她說這多少可以保護優妮可不被普特克的魔法傷害。」在緊緊擁抱年紀還很小的女兒後，奇菲替她掛上了那條鑲著白色條紋並充滿香氣的項鍊，便離開了海爾洛王國。

她知道自己即將面對的是一場腥風血雨、一場一不小心就足以讓自己致命的暴風雨。

「優妮可！把我的優妮可抱來！」雙眼發出芥末色光芒的普特克早已看不到黑色的眼球，喪心病狂的樣子讓所有認識他的人不是退避三舍就是根本不敢發聲。

原本居住的小農村也被他改造為怪裡怪氣，到處充滿噁心陰暗的沼澤，附近的植物一一枯萎，一點生氣也沒有，連烏鴉都不敢靠近，彷彿一座黑城。

隨著力量越來越大，他開始把原先居住的農舍用魔法改建成形狀怪異的「城堡」，自詡為王。

「親愛的，優妮可她……她不見了！」躲在城堡外面等待時機的奇菲一聽到普特克在找女兒，假裝慌忙的跑進城堡裡喊著。

「什麼？妳把我的優妮可帶去哪裡了？」

「我今天抱著她到溪谷去玩水，玩著、玩著，我們周圍的天氣突然變得很不好，接著刮起一陣大風就帶走了優妮可！親愛的，你知道發生什麼事嗎？拜託你幫我找回優妮可吧！」編了理由與藉口加上演技逼真，奇菲拉著丈夫的衣角懇求的說。

「一陣風？難道是普莉思帶走了優妮可？」蹙起眉頭，普特克不悅的走向窗邊往天上看。

一陣又一陣的積雨雲堆積成堆，再加上陣陣落雷更使得普特克的城堡範圍更顯可怕與冷清。

「不是普莉思！」不知道普特克會把責任推給親妹妹的奇菲在心急之下並沒有想好這個對策。

「怎麼能這麼肯定呢？」發現奇菲的緊張，普特克慢慢的走到她面前，挑起一邊的眉毛後說。

「因……因為……你是這麼偉大的魔法師，沒有人可以跟你相比或是相提並論，所以也一定不是普莉思！」

「我想也是……但是……這世界上這麼多人，也不是每個人都認識我、都知道我的名號，畢竟我也才剛崛起不久……光憑著這一點敢跟我對抗的人……我一定不會給他好下場！」摸著手中的魔杖，普特克彷彿在警告奇菲一樣的說著，後者只敢低著頭不發一語。

「如果我的女兒還存在世界上，那她就不可能逃過我的魔法，我要她變成獨角獸再回來找我，因為只有我能解開這道咒語。」普特克說完便將魔杖朝著窗外一指，一道墨綠色的光芒便往窗外射去。

「不——！」來不急阻止普特克抓住那道光芒，奇菲只能眼睜睜看著那道魔法飛往海爾洛王國。

「優妮可……我的女兒，妳千萬要平安無事！」在心裡默默的祈禱著，奇菲希望普莉思的項鍊能替自己的女兒擋下這次的攻擊。

※

「所以……所以妳……妳是……妳是普特克的女兒？」艾希亞不敢置信的聽完優妮可的陳述之後，睜大眼睛看著眼前的獨角獸問。

「嗯！我希望自己能夠盡一點心力挽回父親對這個世界的摧殘。」優妮可無奈的說。

「但是……妳為什麼沒有在普特克施魔法那時候就變成獨角獸呢？」雷斯問。

「因為普莉思的魔法替我擋下那一劫，攻擊無效但項鍊也碎了，海爾洛皇后把那些碎片集合起來放在小鍊墜裡給我當成另一條項鍊，但是普特克和普莉思的魔法都是有後遺症的……普莉思雖然擋下大部分普特克對我的攻擊，但卻依然不能阻止全部，只要沒有那條裝滿碎片的鍊墜，我還是會變成獨角獸。妳值得我這麼做，所以即使無法恢復人形也沒關係。」優妮可微微一笑，她不後悔自己的決定。

「優妮可……」艾希亞不捨的看著眼前的妹妹，她比自己成熟太多，但自己能回報她的卻太少。

「艾希亞，時間不多了，我們要快點抵達那個極光照射過的點。」拍了拍艾希亞的肩，雷斯提醒她現在不是應該震驚的時候。

「雷斯也一起坐上來吧！因為你的馬不會飛。」優妮可說完便在身體兩側伸展出翅膀。

沒有過多的猶豫，艾希亞抱起屁提直接跨上馬背，雷斯也在艾希亞坐穩之後跟著乘坐完成。

如同優妮可說的一樣，她想要盡一點心力彌補普特克對世界做出的壞事，所以在確認大家都就坐完畢之後，振翅快速的飛往極光山巔。

「拿你所需、不可貪求」還沒降落就看到一大塊冰晶矗立在山巔上，上面的文字經過太陽溫暖的照射後閃閃發著光。

「我們到了。」優妮可穩重的降落在那塊冰晶前面，雷斯和艾希亞先後走到那塊冰晶前面，都喃喃自語念著上面的符文。

「艾希亞，雲之女王教過我們咒語，妳試試看。」經由優妮可提醒，艾希亞想起了去寂靜森林之前，雲之女王所傳授的咒語。

「極光之室為我而開，貝貝魯哇拍拍砰！」艾希亞一邊用雙手碰觸那塊冰晶一邊念著咒語。

「轟隆！轟隆！」語剛落下，眼前的大塊冰晶便開始移動，隨後大家眼前便出現一道玻璃階梯一直往下延伸，一切都看似順利萬分。

「你們去吧！我會在這裡等著。」優妮可說完，雷斯與艾希亞帶著屁提沿著那道玻璃階梯緩緩往下走。

彷彿不讓外來者覺得一切都很順利一樣，那道玻璃階梯一直往地底延伸，他們走了一段時間才發現前面迎來一陣光芒。

「哇！」正如艾希亞所猜測的一樣，當初極光女神把所有極光石都聚集在這裡，長年累月經過極光的照射而吸取極光的精華。

「我們只需要一個所以只能拿一個，快點拿完就出去吧！」雷斯催促著艾希亞，後者也十分迅速的拿起最靠近身旁的寶石，接著走上玻璃階梯。

「雷斯、屁提，快來啊！優妮可還在等我們呢！」發現兩人沒有跟上來，艾希亞又回頭去找他們。

「艾希亞，我等一下拿完之後要立刻往上跑，因為我們只需要一塊。」雷斯莫名其妙的說著。

「雷斯你在幹嘛？為什麼要拿極光石？」艾希亞驚訝的喊了聲。

「因為我需要……」說完不等艾希亞阻止，雷斯拿起了看上去最大顆的寶石。

但洞穴卻沒有因此產生變化，艾希亞跟雷斯兩人都覺得十分驚訝。

「難道我們需要的極光石是兩塊嗎？」艾希亞不解的喃喃自語。

「極光寶石閃亮亮，屁提好喜歡閃亮亮的寶石，耶——閃亮亮——」正當艾希亞和雷斯兩人不解的互看時，屁提卻自顧自的開始一塊接著一塊拿起身旁成堆的極光寶石。

「轟隆！轟隆！」震耳欲聾的撞擊聲在屁提接二連三的拿起寶石塊時跟著響起。

「快跑！洞穴好像要塌了。」雷斯一把抱起屁提，也因為作用力太大而使得屁提手上的寶石全部滾回原位，然後他拉著艾希亞的手連忙踏上玻璃階梯。

整個洞穴就如同要坍塌一樣，從最深處的地方開始崩塌，雷斯與艾希亞如同在與時間競爭一樣，兩人飛快的跑上玻璃階梯，而他們每離開一步，那階梯就立刻被黑暗侵蝕，整個塌掉。

「雷斯、艾希亞！快點上來。」在地面上的優妮可也感受到地底深處的震動，就連一旁的冰晶也跟著搖晃起來，還出現了許多裂痕。

眼看著自己也要站不住了，優妮可拍著翅膀，讓自己距離震動的地面有點高度，隨後便看到抱著屁提、拉 艾希亞的雷斯衝出洞口。

時間算的剛好，雷斯他們才剛跑出洞口，整個入口就被雪堆給填滿了，想必內部也一定跟著被壓扁了。

「優妮可！」把屁提往上一丟，優妮可熟練的接住那隻已經被嚇傻的小企鵝，隨後優妮可再次踏上還在震動的地面，雷斯一把抱起艾希亞讓她順利的上了馬背。

「啊！」因為震動得太過劇烈，優妮可不得不先丟下雷斯自己起飛。

「雷斯！」在馬背上的艾希亞驚呼一聲，因為雷斯身後的雪與冰開始崩塌，再不離開那個地方雷斯會被掩埋的。

「優妮可！妳快飛走，我用跳的。」雷斯用跑的往旁邊快速奔去，準備跳下山谷。

優妮可也在同時飛往雷斯即將要往下跳的點，如果沒接到他就完蛋了！

接著雷斯往下跳、她往下俯衝。「砰」一聲順利的接住雷斯。

「好痛！」

「優妮可對不起，我很重吧？」傻笑著的雷斯抱歉的對優妮可說。

「沒關係，你沒事就好，我們趕快回去吧！你的馬還在那邊等我們。」拍著翅膀，優妮可帶著他們離開了極光山巔，回到原本的山洞。

第十一章 心環

點點白光開始從天而降點綴世界——在緯度極高的地帶下雪是一件很正常的事。

其實下雪或是整座山都覆蓋住白雪的時候並不會讓人覺得特別冷，只有在融雪或是搭配如刀的冷風時才會感受到冷冽刺骨的感受。

偏偏就讓艾希亞他們遇上了這樣的情況，冷風像剛磨好的刀一樣，把大地當成砧板、把萬物當成食材，狠狠的料理了一番。

載著雷斯和艾希亞回到原本的山洞，優妮可一路上與那冷冽的風相抗衡，失去不少精力。

「優妮可妳撐一下，我立刻把火升起來。」剛下馬的雷斯立刻拿出打火石，再去不遠處抱回許多乾柴、乾樹葉。

「我去找一些吃的東西來！屁提，你在這裡好好陪著優妮可！要保護她喔！」艾希亞把屁提放在優妮可身邊，接著轉身跑進小樹林找食物。

「好！屁提會好好保護優妮可，屁提是男生，男生要保護女生！」屁提像個侍衛一樣聽話乖巧的守在優妮可身邊。

經過一番折騰，雷斯努力的升起一大團火讓附近的氣溫能夠回升一些，優妮可在喝下了艾希亞從野外帶回來的清水、吃了一些水果之後便緩緩睡去，就像是要補充體力一樣的睡得很沉。

「我都不知道優妮可原來一直背負這樣的過去。」輕輕撫著變成獨角獸的優妮可，艾希亞雖然拿到真正的極光寶石，臉上卻不顯得特別開心。

「只有解除普特克的魔法，優妮可才能變回原來的樣子。」雷斯一邊拿著樹枝翻著火堆一邊說。

「我一定會成功製造出極光魔杖、一定會打敗普特克，即便優妮可不是我的親妹妹、不是皇室成員，但是在我心中她永遠都是我最愛的妹妹，我絕對不會讓普特克傷害她。」艾希亞語帶憤恨的說。

「艾希亞，憤怒會掩蓋理智，我建議妳要冷靜去看待這件事情。」雷斯說完便從袋子裡拿出那顆跟艾希亞一起在山洞裡拿的寶石，如同陷入回憶一樣沉默了。

「雷斯，為什麼你拿了寶石卻沒事？」艾希亞突然想到在山洞的情況，驚訝的看著眼前的男人問。

「為什麼我拿了寶石要有事？」雷斯揚起嘴角，溫柔的看著艾希亞說。

「明明山洞那邊就寫『拿你所需、不可貪求』，照理來說我們只能拿一顆極光

石啊！」

「妳需要極光石是因為要製成極光魔杖去對付普特克，山洞知道妳需要所以讓妳拿，但是妳需要不等於我不需要。」

「你需要極光石？為什麼？」

「因為我就是需要啊！哪有那麼多為什麼？」

「你也要製作極光魔杖嗎？」

「極光魔杖只有一把，更何況魔棒是用妳的髮帶做成的，我即便擁有極光寶石，沒有魔棒的話也沒辦法製造啊！妳傻囉？」

「那……到底是為什麼？」

「關妳什麼事？這是我的事情，妳不要知道比較好。」

「到底是什麼事情？你就告訴我吧！也許我幫得上你啊！」

「妳一定是幫得了我，依照妳公主的身分來說，一定幫得上，只是……」

「只是什麼？」

「只是妳必須先把國王與皇后變回來，如果海爾洛王國不能回到往年繁榮的樣子，那就算妳是公主也不能幫上我什麼。」

「所以到底是什麼事？你不能讓我平白無故的幫你，總得告訴我發生什麼事情吧！」

「就……」拗不過艾希亞的追問，雷斯娓娓道出過去發生在自己身上的事情。

※

火熱的鐵爐被裡面的熊熊大火烤得通紅，外頭的鐵匠一身黝黑的皮膚上面還有些許燙傷的疤痕、濃密的絡腮鬍、緊而厚實的肌肉都是工作在身上留下的證明。

將在火堆裡鑄造出的武器立刻泡在冰水裡面。「嘶——」搭配四起的白煙，鐵匠來來回回的打造客戶交代的兵器。

「禁衛大將軍下個星期就要來拿了，進度還好嗎？」一個穿著樸素、頭髮往後盤起成為一個包子形狀的女人端著一壺水走過來，往前遞給眼前揮汗如雨的男人，順便幫他擦去額頭上如珍珠般大小的汗水。

「嗯！這把劍的劍身輕巧但鋒利，上面的紋路正好顯現了貴為皇家禁衛隊的霸氣，將軍大人會喜歡的。」男人說完便一飲而盡從女人手中接過的那一大壺水，接著親自測試了那把劍的銳利度。

而隔天來取劍的將軍大人可想而知十分滿意眼前的成品，給了這戶鐵匠人家很大的謝禮。

時間慢慢流逝，這戶人家靠著當初禁衛大將軍的獎賞過上好一段舒服且安逸的

生活，而且也因為技術十分優良而被引薦進入皇宮裡成為御用的鐵匠。所有王室貴族都看上了這個鐵匠的鑄鐵功力，紛紛指名要這位鐵匠製作武器。

皇族的人原本就容易帶著比較與高傲的心態，而這樣的心態也埋下了鐵匠未來悲慘的命運。每一個王公貴族都希望自己的武器是最強最好的，他們讓鐵匠不停去尋找更好的材料、不惜花費巨大的時間與成本就是要讓鐵匠打造出最厲害的武器。

當這件事情傳到國王耳裡，為了杜絕整個皇族因為武器的關係搞得四分五裂，便想了辦法將鐵匠一家趕出王國。

不過他倒也不是個是非不分的昏君，在鐵匠臨走前，國王交給他一個鐵製的盒子。

「希望你能理解我的苦心，你的技巧已經高超到足以讓我面臨滅國的危機，我希望你帶著這些金銀財寶離開我的王國，並答應我從此不再替人鑄造武器。這個盒子裡面是好久以前流傳在皇族裡如何製造出極光魔杖的方法，雖然我不相信這是真的，但如果可以我希望你帶走它，把方法流傳給你的子孫，你是個值得託付的人，即便製造出極光魔杖我也相信你能善用。」

其實國王根本不相信世界上能有什麼極光魔杖，他也只是想用這個方法彌補對鐵匠的抱歉。

畢竟對方是國王，鐵匠也不能說什麼，況且國王給的獎賞已經可以讓他安安穩穩的過完自己剩下的日子。

鐵匠告別國王，帶著妻小偷偷從國王安排好的通道離開了皇城。

不再以鑄鐵為生，鐵匠一家人搬到距離皇城很遙遠的郊區，過著與世隔絕的生活。

鐵匠每天傳授鑄鐵方法給自己的兒子，兩人過得很開心，當然還包含傳授製造極光魔杖的方法。原以為事件就這樣結束了。但妻子卻好像不能適應離開舒適圈的生活，總是一副鬱鬱寡歡的樣子，最後如同得了憂鬱症一樣，一病不起。

疼愛妻子的鐵匠傾盡一生的積蓄不辭勞苦的請來許多有名的醫生，但都束手無策。

最後，鐵匠找來已經成年的兒子說道：「兒子啊！老爸沒什麼可以留給你，我沒辦法帶著你媽過回以前那種舒適的生活是我沒有能力，這筆錢你好好的拿去用，好好開創自己的事業，樹大招風，不要太高傲。」

「老爸……我們帶著媽媽一起去城裡生活吧！這裡跟以前的生活環境真的差太多了。」

「我答應過國王陛下不會再以鑄鐵為生，但是你不一樣，你去外面磨練一下這

幾年跟我所學的技術吧！我相信你會成功的。」

拗不過父親的堅持，年輕的男子帶著父親給自己的那一大筆錢，拜別雙親後離開了家鄉。「我一定會成功回來，你們一定要健康平安的等我。」

男子循著父親告訴自己的路線前往距離最近的城市，但是他並不是走向鐵舖，也不是想個辦法租個地方拓展自己的事業，而是往另一個人群眾多但陰暗的地方走去。

「下好離手！下好離手！這次比價可是一比十啊一比十，贏的人可以拿回十倍的金額，來來來！快點下好離手！」

有人說賭博就跟毒品一樣，絕對不能碰！因為太多人拿得起卻放不下，有本事玩卻沒本事還錢，賭博跟吸毒一樣，都是會讓人上癮到致死的一種遊戲。

男子當然也不例外，第一次一比十的時候贏回了十倍的金額，接著越賭越大，但也越輸越大。

「欸欸欸！你到底還要不要押啊?快點啦！時間寶貴。」

在最後一次傾盡全力放上所剩不多的金幣後，男子迎來的並不是光榮的勝利。

※

「所以那個男子就是你?」艾希亞聽完雷斯的故事之後問。

「嗯！沒有錢的我也沒臉回去見爸媽了！雖然知道媽媽充滿虛榮心，但看她這樣日漸憔悴我內心也感到很難過……所以我才說如果是妳的話，就可以幫我。」

「難怪妳會需要極光寶石……這顆寶石的確可以賣到很好的價格。」艾希亞沒有繼續往下說，雷斯也停止述說自己的故事。

兩人之間的空氣就像凝結了一樣，直到優妮可慢慢的從睡眠中醒來，才打破了這樣的沉靜。

「艾希亞……」虛弱的聲音從洞穴裡傳出，艾希亞一聽到妹妹的聲音，連忙起身跑進去。

沒過多久，優妮可跟在艾希亞身後，從洞穴中慢慢走了出來，臉色雖然算不上蒼白，但也顯得沒什麼精神。

坐在火堆旁的優妮可看了艾希亞一眼後又再次緩緩閉上眼睛，接著就像想起什麼一樣猛然地抬起頭。

「艾希亞，妳頭上的皇冠……」那個金黃色的小皇冠鑲著粉色的寶石，精緻的花紋凸顯皇冠的貴氣。

「啊！這個啊！因為不大所以當作頭飾一直戴著了，也剛好戴著不會掉下來，所以除了洗澡之外都會戴著，妳不是知道嗎？母后說過不可以輕易拿下來。」艾希

亞一邊說一邊指著頭上的「頭飾」說。

「母后沒有告訴妳……關於皇冠的事嗎？」

「什麼事？就……一直叫我不要拿下來啊……」

「妳記不記得雲之女王跟妳說過什麼？關於妳的皇冠。」

「雲之女王……」艾希亞陷入回憶中。

「不要忘記妳是海爾洛王國的公主，妳頭上的皇冠所存在的價值就是提醒妳曾經擁有過的一切，不要忘了自己的身分。」

「我記得雲之女王說過這個皇冠是要提醒我自己曾經擁有的一切，但是……這又有什麼關係呢？」艾希亞不解的問。

「在我懂事之後，海爾洛皇后就告訴我所有事情的經過，所以我能理解的事情一向都比較多，所以妳會覺得我比較像姊姊是因為我顯得比較成熟懂事，但是我想……這些都是上天安排好的吧！因為需要有人來輔佐極光女神。」

「優妮可，妳沒頭沒尾的在說什麼啊？」

「艾希亞，妳頭上的皇冠是海爾洛皇后的家傳之寶。」

「嗯！這個我知道，母后在我七歲的時候就有跟我說這是個很珍貴的皇冠，要我小心保管。」

「海爾洛皇后的家庭一向都是一脈單傳，而且很神奇的是——都是女孩子。從很久以前就流傳著海爾洛皇后的家族血脈中會有某一代是極光女神的轉世者，所以出生在這個家族裡的女孩從小就會被要求接受嚴格的訓練，畢竟身為轉世者條件也不能太差。」

「但是……梅洛絲呢？母后的家庭是一脈單傳，妳是領養的那不算，那我跟梅洛絲該怎麼說？」

「梅洛絲不是妳的親生姐姐，當年年輕的國王還是王子的時候曾經被派去平定戰亂，梅洛絲就是那個時候抱回皇宮的孤兒，聽說她親生父母所在的村莊被敵軍殺得片甲不留，這件事情梅洛絲在自己很小的時候就知道了。」

「為什麼妳們都會在自己還很小的時候就知道自己的身世，而我卻不知道？」

「因為父王和母后太愛妳了，妳是他們唯一的親生女兒，講難聽一點，就算犧牲了我跟梅洛絲，他們也不會輕易的犧牲妳。只是我和梅洛絲分別是皇后與國王帶回來的責任，所以必須要讓我們提早知道自己的身分，畢竟妳才是未來的王位繼承者。」

「嗯……這樣聽來，我真的覺得自己一點也不懂事，妳們都在很小的時候就知道自己不是正統皇家成員，也難怪妳的行為舉止這麼穩重，原來就是因為妳已經明

白自己的身分……」

「艾希亞，我不只明白自己的，我也知道妳的。當我看到妳有召喚極光的能力時，就知道妳是極光女神的可能性很大，所以我願意獻上自己的所有來幫助妳。妳頭上的皇冠，也許是能夠製造出極光魔杖的最後一個條件——心環。」

「這個？」從頭上拿下那個閃閃發光的皇冠，艾希亞的視線一直固定在它上面。

「皇后當時說過她怕妳不懂得如何使用能力，所以才用項鍊去封印妳體內的能量，在妳釋放出能量之後，我猜……這個皇冠的封印應該也一起被解除了。」

艾希亞沒有多說什麼，早在自己體內爆發出大量能量之後，她也開始懷疑自己是不是從外太空來的怪物，但如果優妮可將自己解釋成極光女神的轉世者，這樣一切就都有道理了。

她拿著用髮帶組成的魔棒，套上自己頭上那個小巧精緻的皇冠，艾希亞覺得自己的心跳快得不像樣，就像要從身體裡跳出來一樣。

接著那個皇冠如同被施了魔法似的，飄浮在魔棒的上面，接著底部開始往魔棒的前頭伸展，然後就像岩漿緩慢的侵蝕大地一樣，金色的皇冠底部開始融化在魔棒之上，最後就像鬱金香的莖與花萼一般，完全鑲在一起了。

「這……」艾希亞不可置信的看著眼前的景像，原來一直要找的心環就在自己身邊。

「艾希亞，妳真的是極光女神的轉世者。」優妮可走到艾希亞身邊，微笑的看著這一切的發生。

「沒想到極光女神的傳說是真的……」在一旁的雷斯也不可置信的看著眼前的艾希亞身上彷彿被覆蓋住一層柔芒，微微發著光。

第十二章　極光魔杖

如果命中注定你能擁有世界，那無論再怎麼推辭，世界還是會來到自己的手中。

艾希亞和優妮可從小對於世界就沒有太多的奢求，能夠做自己喜歡的事情、能夠平安長大、能夠履行自己的責任義務其實就很棒了。

「我真的沒有想到自己是極光女神……」回想起不可思議的經過，艾希亞依然無法相信發生在自己身上的這些事。「就像自己頓時擁有整個世界一樣，那種感覺真的很難形容。」

「妳一旦製造出極光魔杖，就有能力跟普特克抗衡，這樣整個王國就有救了。」

「優妮可，我都不知道自己有沒有辦法可以跟普特克抗衡了……」就像堅強太久會在某個時間點突然覺得自己很脆弱一樣，艾希亞也在這個時間點，稍微失去一點對自己的信心。

眼神散發無助的訊息，緊皺的眉頭就跟剛擰完的布一樣都是皺褶。

「妳現在是我們唯一的希望，妳要對自己有信心啊！」看到姊姊突然不知所措的樣子，雖然在心裡早就有猜到，但實際看到艾希亞有這樣的反應，優妮可也很擔心。

「現在還有個很大的問題，我不知道極光寶石該怎麼鑲在魔棒上面。」左右手各拿著從極光山巔拿來的極光寶石和已經融為一體的心環和魔棒，艾希亞無論怎麼拼湊組合，兩者就是沒辦法緊密的結合在一起。

「我知道！」一直坐在旁邊沉默的雷斯站起身。「還記得我說過的故事嗎？」

「你是說你敗光家產的事蹟嗎？」艾希亞冷笑了下。

「呃……那種不光榮的事情就不要再提了，我的意思是，有沒有印象我說過我的父親曾經得知製造出極光魔杖的方法，他有把這樣的方法教給我。」雷斯抓了抓頭，不好意思的說。

「所以……你知道要怎麼完成極光魔杖？你有把這兩個組合起來的方式嗎？」優妮可睜大眼睛，一副不可置信的樣子看著眼前的雷斯問道。

「對，雖然我從來沒有試過，但我想，如果按照父親教我的方式去做做看，可能會成功喔！」雷斯摸著下巴，躍躍欲試的看著艾希亞手上的材料。

「不要放棄任何希望，艾希亞，妳讓他試試看吧！」轉過頭看著在一旁猶豫的艾希亞，後者現在也只能相信雷斯，把一切希望都賭在這上面了。

「艾希亞，妳可以去幫我多拿一些木材嗎？」雷斯走到自己的馬旁邊，從牛皮袋子裡拿出當初離家的時候，父親交給自己的生財工具。

艾希亞沒有回應雷斯，只是自顧自的和屁提走向不遠處去取材。

「雷斯，無論你用什麼方法都要努力製造出這把極光魔杖，我能感覺得出來艾希亞的心情現在一定很複雜。」已經變成獨角獸的優妮可沒辦法幫上太多忙，眼中流露出一股抱歉。

「別這麼說，如果她真的是極光女神，那我何止想盡辦法，就算讓我竭盡生命去製造它我都甘願。」一邊將屁提抱回來的些許木材放入火堆中，一邊準備著等一下的鑄造工程。

「艾希亞從小的生活就很無憂無慮，其實父王和母后對她總是百依百順，只是在梅洛絲失蹤之後才變得比較保護她、限制她。原本就已經很壓抑自己要成為大家眼中的好公主，現在又知道從小到大的姐妹都不是親生的，再加上距離普特克說出來的時間越來越近，她在這短短幾天之內遭受的變化根本就是她過去二十多年來的經歷所不及的。」

「我知道艾希亞有她自己的想法，我也相信她會努力去調適自己，就像你認為的——她是極光女神，女神應該背負的責任又更多更大更重，我們不能也不被允許去干涉她什麼，所以只能盡自己的力量去幫助她。」雷斯和優妮可兩人都知道艾希亞內心的焦急，在這麼短的時間內要她接受這麼多事情，的確是難為她了。

隨後艾希亞抱回許多的木材，在雷斯的指引之下，原本一點點的火堆瞬間變成要開營火晚會的大火一樣。

「艾希亞，妳沒事吧？」就在雷斯接過極光魔杖的材料開始動工之後，優妮可和艾希亞坐在山洞前，看著雷斯努力的合成魔棒和寶石。

「嗯……還有兩天就到普特克給的時間了，如果在兩天之內沒辦法對抗他，那我會答應他的要求……」

「妳是說妳要嫁給他？」

「嗯……因為只有這個辦法，能讓父王和母后回到原本的樣子。」

「妳怎麼知道妳答應普特克成為他的妻子之後，他會履行諾言取消石化的詛咒？」

「我也不知道……」

「艾希亞，如果是這樣的話，那妳就逃走吧！逃到遠遠的地方，我來拖住普特克。」

「我怎麼可能丟下大家然後自己獨自生活？」

「那妳也不可以犧牲自己去換一個不明確的未來啊？妳知道這麼做很傻嗎？女人如果不能找到疼愛自己的男人，那不如自己一個人還比較自在，如果妳的男人給

不了妳幸福，那我們就自己給自己幸福！」

「我不能夠眼睜睜看著父王母后為我犧牲，要我拋棄他們我真的做不到啊！」

「艾希亞，這段時間我知道妳承受了很大的壓力，可是意氣用事真的對妳沒有幫助，我知道妳從來沒有遇過這樣的事情，所以難免會慌會害怕，可是我們都在這裡，從一剛開始不對盤到現在正努力幫妳製造出極光魔杖的雷斯，還有從小一起玩到大的我，還有即便出場戲份卻不多又有點呆的屁提，大家都陪著妳，極光女神是不可以對自己沒有信心的。」

優妮可看出艾希亞心中的不安還有眼中的憂傷，她也感到很難過。

可是與其在一旁一起難過一起哀怨，不如把時間拿來解決事情。

至少這樣，就不會一直讓自己專注在難過或是對未來的不確定。

「妳看看雷斯。」知道自己的鼓勵沒辦法讓艾希亞恢復信心與笑容，優妮可便讓她往山洞外看去。

站在熊熊大火前的雷斯拿著工具，努力的不停敲打，先不說極光寶石被火烤的通紅還沒有任何裂痕，光是雷斯的背影就散發出一股令人安心的氣息。

「先把寶石烤成紅色，然後在上面敲打到出現火花，然後加強底部的熱度……」自言自語就像在背書一樣，雷斯一邊念著當初父親教給自己的祕訣一邊敲打著。

由髮帶變成的魔棒在接受火堆的熱度之後開始如同蛇脫皮一樣，表面上的木屑開始剝落。

本身帶著魔法、鑲在魔棒上的心環也慢慢的融出一層如同蠟一般的黏液，薄薄的鋪了一層在魔棒的頂端。

最後就是將已經被火烤成紅色的寶石，拿鉗子將它夾起，接著組裝在那層薄蠟之上，小心翼翼的不讓它倒下。

就在雷斯手中的鉗子離開寶石本身之後，整顆極光石就像被吸住一樣，在魔棒的頂端、心環的內圈如同好幾年的大樹一般屹立不搖。

就在寶石的紅光消退之前，雷斯將整支魔杖泡入剛剛拜託艾希亞取回來的冰冷山泉水裡面。

「嘶——」冷冽的山泉水立刻降低了滾燙魔杖的溫度，整個桶子冒出大量的白煙和水蒸氣直衝雲霄。

在山洞裡的兩位公主聽到聲音也趕緊跑出洞口，目擊了整桶山泉水瞬間乾涸的景象。

「雷斯！」艾希亞大喊一聲，在白煙之後隱約可以看到一個人形揮著手。

「我沒事！」雷斯回應後不久，陣陣白煙就消散在空氣中。

只見他手拿一支深褐色的木棒，上面鑲好的心環已經焦黑了，當然還外加一顆沒有光澤的寶石。

「我的天啊！你對我的魔杖做了什麼？」艾希亞跑上前搶過那把魔杖，傻眼的說。

「不是，妳聽我說……」雷斯才剛想要解釋，就立刻被艾希亞打斷。

「你太過分了！這樣算什麼鐵匠啊？」艾希亞眼中已經含著淚水了，絲毫不想聽雷斯的解釋。

「艾希亞，這個只……」

「你夠了！我沒想到你居然這麼狠心，早知道就不應該相信你，這下子魔杖被毀了，我要怎麼救出父王母后，還有整個海爾洛王國？」

艾希亞說完終於忍不住心中的哀傷，眼淚從眼眶中滾滾而出，她緊緊的把那把魔杖抱在懷裡，對她而言雷斯是毀滅自己最後一點希望的大壞蛋。

「艾希亞……」優妮可見狀也哀傷的走到姊姊身旁，不知道該如何安慰她。

「嘖！女人真是麻煩！」不多加解釋，也不多說些什麼，雷斯一把搶過在艾希亞懷中的那把魔杖，高高的舉起，然後重重的、狠狠的摔在地上。

整支魔杖如同被烤得脆脆的餅乾一樣，一被重摔整支就裂開了。

「雷斯，你在幹嘛？」艾希亞跑上前一看，接下來發生的事情足夠讓她虧欠雷斯好一陣子了。

被摔在地上的魔杖褪去了焦黑的外皮，撥開如同木炭一般的黑屑，整支魔杖煥然一新還緩緩從地上飄起。

接著極光寶石射出六色光芒：紅、橙、黃、綠、藍、紫，包圍了整支魔杖，接著如同蜘蛛絲纏繞一般整個縮緊、拉緊，最後光芒都融合在一起變成白光，直接在大家眼前「轟」的一聲炸開。

「小心！」雷斯按倒艾希亞，優妮可用翅膀遮住自己和屁提，在爆炸聲與被氣流揚起的灰塵消失之後，一支閃閃發光的魔杖出現在他們面前。

底部到頂部的粗度為由細到粗，外觀被一條藤木纏繞著，魔棒本身散發出六色極光的光芒，然後由皇冠變成的心環整個形狀都改變了，緊緊的鑲在魔棒上，如同一朵即將要綻開的花苞，開口處穩穩的固定著發亮的寶石，晶瑩剔透的樣子讓大家看得目瞪口呆。

「艾希亞，去測試一下極光魔杖的真實性吧！」在雷斯的提醒之下，艾希亞站起身、拍了拍身上的塵土，接著走過去握住那把飄在空中，閃閃發光的魔杖。

「優妮可，如果這把魔杖是真的，那妳就能變回人形。」雷斯拍了拍優妮可說。

「艾希亞，妳試試看吧！用它來解開我身上的咒語。」優妮可興奮雀躍的說，沒有什麼比恢復自由身更值得開心了。

艾希亞點點頭，深呼吸之後緩和了自己的情緒，接著將魔杖輕輕的在優妮可面前揮動了下：「極光魔杖，請你解開優妮可身上的魔咒，讓她再次變回人形。」

話一說完，極光寶石如同吸取了周邊的空氣，漸漸的發出白光，然後射出一道充滿六種色彩的光芒。

「紅色，是火和血的顏色，代表勇氣與能量。

橘色，是炙熱的顏色，表示成就與魅力。

黃色，是陽光的顏色，意思是溫暖和歡樂。

綠色，是自然的顏色，特質是和諧和坦率。

藍色，是天空和海洋的顏色，象徵信任與穩定。

紫色，是皇室的顏色，擁有權力與神祕的定義。」

艾希亞每說出一句，那句話的代表顏色就包圍住優妮可。

「我們聽從極光女王的命令，將黑暗的魔咒給予淨化的能量，希望之光，重現。」就在六道光芒都包圍優妮可之後，一道金色的光芒從極光寶石射出，然後形成一個人形，最後融入了那團光暈裡。

無論是極光魔杖、優妮可，還是艾希亞都沒有讓彼此失望，在光圈結束之後，踏在地上的四個馬蹄變成細長鮮嫩的手腳，展開的潔白雙翅收進懷中，馬身也開始往上延伸變回人形，粗糙的棕毛恢復成光滑柔順的秀髮，優妮可變回來了。

「噢——優妮可。」給親愛的妹妹一個大大的擁抱，艾希亞緊緊的抱著好不容易恢復人形的優妮可。

「艾希亞，妳真的是極光女神，妳真的是！」恢復人形的優妮可激動的抱著姊姊開心的說。

「我們可以對抗普特克了！終於可以對抗他了！父王和母后有救了，整個海爾洛王國都有救了！」艾希亞也回以同等開心的語氣說。

「真是……真是太扯了……怎麼會有這種事情發生？還真的發生在我身上了，我的天啊……」目睹一切的雷斯除了驚訝之外，他沒辦法用其他的言語形容現在自己的感覺。

艾希亞緊緊握著手中的魔杖，就這麼短短的瞬間，她覺得這個世界充滿了希望。

「時間不多了，妳們要快點出發。」雷斯回過神來後，提醒眼前兩位公主普特克給的期限就快到了。

「但是我身上的咒語已經被解開了，我沒辦法再變回獨角獸載著你們回海爾洛

王國……從這裡趕往海爾洛王國需要很長一段時間，我們要怎麼辦……」優妮可突然想到現在面臨的問題。

「別擔心，我們現在有了極光魔杖，什麼辦法都可以解決，天不怕地不怕，連普特克都不需要害怕的我們，只是單純的回到海爾洛王國一定有辦法的。」艾希亞自信的笑了下，不久前顯現在自己臉上的那些憂鬱、不安和擔心全一掃而空。

「極光魔杖，請你幫助我們擁有短暫飛翔的能力，讓我們能在最短的時間內回到海爾洛王國。」舉起手中的魔杖，艾希亞自信的說出訴求，接著極光寶石的頂端開始發出如同金粉的光芒。

先是優妮可，金粉以螺旋狀的方式由下往上繞了優妮可幾圈，隨後散開在空氣中。

接著是屁提和艾希亞，都被灑上金粉，擁有飛翔的能力。

「噢噢噢！我就不用了！」正當艾希亞要對雷斯施展魔法的時候，後者突然跳上自己的白馬，退縮害怕的拒絕。

「為什麼？」

「妳們先回去，我騎馬就好，隨後就到。」

「不用啊！連你的馬一起施魔法就好，大家一起去比較快啊！」

「真……的不用了……我其實……」

「你該不會有懼高症吧？」艾希亞瞇著眼問。

「才……才不是咧……我只是……只是……想說讓你們先回去……我要回去一趟歐爾費鬚的店鋪，拿回艾希亞和我的溜冰鞋，就這樣被騙我覺得不值得，我們兩個人的溜冰鞋價值很高欸！不拿回來太可惜了。」拉起韁繩，雷斯向兩位公主點個頭致意後便離開了山洞。

艾希亞和優妮可則是對視了一眼後，往天空一躍。

「走吧！我們回去拯救海爾洛王國，讓普特克嘗嘗極光魔杖的威力，這次算他倒楣惹到我，絕對要他好看！」艾希亞有了極光魔杖相隨，情緒也不停高漲。

第十三章　黑魔法皇宮

有了金粉的幫助，艾希亞和優妮可一路都很順利的飛往普特克的住所，但是早就從歐爾費鬚那邊得到消息的普特克早在距離自己城堡的不遠處佈下天羅地網等待兩姊妹上鉤。

「大人，艾希亞公主已經快靠近埋伏點了。」隨從都會不定時向普特克報告最新的狀況，而這次更是帶來讓他雀躍的消息。

「很好，我們準備出擊吧！這次我要讓她知道反抗我會有什麼下場。我只能說……妳的這個妹妹真是太頑固了，嘖嘖嘖。」對著鷹獅說完之後，普特克拿著自己的魔杖，騎著鷹獅前去迎接艾希亞的光臨。

才剛從大型落地窗飛出來，普特克遠遠就看到兩個小黑點往自己的城堡方向前進。

「哎唷！哎唷！我們來瞧瞧這是誰呢！」瞇了下眼，普特克露出一貫噁心的笑容，彷彿就像等待獵物上門的蜘蛛一樣。

那兩個小黑點越飛越近，要打敗普特克的決心也跟著越來越堅定。

「兩位小姑娘，我想……到此為止了！妳們如果再前進，就表示要同時嫁給我了呢！」阻擋在兩人面前的普特克連回應的時間都不給艾希亞和優妮可，舉起魔杖首先對著優妮可發射了墨綠色的光芒。

「啊——！」來不及防備與閃躲，優妮可的肚子被那道墨綠光衝撞之後整個人摔下天空，落在附近的雪堆裡。

「優妮可！」只不過是一眨眼的瞬間妹妹就被擊落，艾希亞還來不及回過神，優妮可就在距離自己好遠的地方了。

「嘻嘻嘻！艾希亞我的小甜心，這趟來是不是來答應跟我結婚的呢？」

「妳把我的妹妹擊落還問我是不是要來跟你結婚？哇塞！你可以再噁心一點沒關係。」

「不相干的人總是需要離我們遠一點，我們的甜蜜時光是不容許被打擾的……妳說是不是呀？還有啊！如果我噁心一點可以讓妳成為我的新娘，哎唷！哎唷！那真的很值得呢！」

「我最受不了就是你這種自以為自己很了不起的樣子！我才不會嫁給你。」

「哎唷！話不要說的這麼滿嘛！如果妳嫁給我，不但可以吃香喝辣過得很好，還能恢復以往的榮耀，最重要的是……我們也會有屬於我們自己的可愛的寶寶……」

「好了！可以了！真是夠了！一想到要跟你有寶寶我就噁心的想吐！抱歉，你完全不是我的菜，我絕對不會嫁給你，就算犧牲生命我也不會成為你的新娘！」

「如果不嫁給我，那妳的雙親從此之後就會變成石頭了，妳的國家也會整個石化，就此在世界中被除名，當然……妳就不會是公主，而是一般平民了。」

「我不會讓這種事情發生的。」艾希亞舉起魔杖對準普特克說。

「這……難道是……」

「嘿嘿！沒錯！這就是極光魔杖，想不到真的被我製作出來了吧？你完蛋了！」

「不可能！這不可能啊！千百年來從來沒有人製造出來的極光魔杖怎麼可能在妳手上？騙人的吧！」

「是不是騙人的試試看就知道了！」舉起極光魔杖，艾希亞一副「有什麼遺言快點交代，不然你等一下就會被種在土裡」的表情看著普特克。

「好啊！我就不相信妳真的能變出什麼把戲，妳不要忘記是妳害得自己的雙親沒辦法變回人形，也是妳害得自己的姊妹都遭遇不幸的。」普特克雖然是冷笑，但眼神裡還是多少充滿一點害怕。

「給我閉嘴！」艾希亞殺紅眼似的生氣的舉起魔杖。「極光魔杖，給我消滅普特克！」

照理來說極光魔杖會發出各種光芒然後那些光芒就會像亂箭一樣射死普特克。又或者會發出很多光芒把普特克包住，接著就像吸收他的日月精華一樣把他吸成人乾。

不然就是奪走他的魔力讓他變成平民，接下來就任由艾希亞處置。最好還可以順便解除被普特克殘害過的人和國家。

以上都是艾希亞美好的幻想，以時速兩百公里的狀態在腦海裡跑了一遍。

「咦？」

真是的，魔杖沒反應。

「怎麼可能？」

又反覆試了幾次，艾希亞手上的魔杖如同廢材一樣一點反應都沒有。

「哈哈哈哈哈哈……我就說嘛！怎麼可能出現極光魔杖，那種傳說是騙人的！」普特克輕蔑的大笑。

「不可能啊……剛剛明明就是有用的，怎麼會這樣……」不死心的艾希亞又再試了好幾次，魔杖依然沒有符合艾希亞的幻想跟期待，對普特克做出懲處。

「太誇張了，妳是不是隨便拿個樹枝來唬我啊？」普特克又噁心的笑了一下，

這次的笑聲中，還帶有瞧不起的成分在。

「不可能啊……明明就有成功……」看著手上動也不動的魔杖，艾希亞的心涼了一半。

「寶貝，既然天要我生，我就不能亡，妳就嫁給我吧！跟妳這個小美人共度夜夜春宵是一件很爽快的事情呢！」

「你作夢比較快！我絕對不會答應你。」氣憤加上懊惱，艾希亞憤恨不平的看著眼前的男人。

要她委屈自己自由的靈魂嫁給普特克可是比死還痛苦。

「那……別說我不給妳機會，我的忍耐也是有極限的，既然妳不能嫁給我，我也不會讓其他人得到妳，唯有賜妳一死才能解我心頭之恨。」普特克一手壓在自己的胸前，另一手拿著魔杖高舉著，表情還擺出一副自以為是羅密歐在跟茱麗葉求婚時的樣子。

「哇塞！你不去當演員實在太可惜了，不過不去也好，觀眾可能會吐死……」露出嫌惡的表情，艾希亞這下子是真的寧願犧牲自己也不願意苟延殘喘的活下去。

「好吧！這是妳自找的，雖然我很心疼妳，但是……」普特克把魔杖對準了艾希亞，什麼話都沒說就將她擊落在剛才優妮可掉落的不遠處。

「啊——！」這次的力道大於剛才對付優妮可的力道，艾希亞人一彈出去手就鬆開了，極光魔杖完美的在空中劃了好幾道弧線接著準確的落在普特克的手裡。

「這把假的極光魔杖我就先收下了，親愛的寶貝妳只好在這裡活活餓死、凍死了，噢——這是我對於美人最後的疼愛。」普特克矯情的看著落在雪堆裡的艾希亞。

「這場雪融化之後，妳們也會變成白骨了。」舉起魔杖，嘴裡念念有詞，普特克輕而一舉的就橫向切開一座小山丘，接著利用山丘與地面接觸的空隙還有其他落雪，完美的製造出一個足以囚禁兩個女孩的牢籠。

「好好享受妳們的餘生吧！這就是跟偉大的魔法師普特克抗衡的下場。」帶著極光魔杖，普特克駕著鷹獅返回住處。

「可惡！可惡！可惡可惡可惡！」艾希亞努力的想要從被困住的牢籠中掙脫，但卻一點辦法都沒有，一旁的優妮可還在昏倒的狀態，這雪上加霜的情況讓她一點辦法都沒有。

不過所謂「天無絕人之路」還有「柳暗花明又一村」或是「天生我才必有用」等等古人留下來的話語，一定都是自己經歷過之後才會有的感觸。

噠噠的馬蹄聲從不遠處傳來，一旁沒有被雪覆蓋上的小路是某天普特克心情好的時候用魔杖清出來的，還在那條路上下了風雪不侵的咒語。

這大概是他成為黑魔法師之後做的唯一好事吧！

「也不知道艾希亞她們是不是順利的進入黑城堡了，不知道有沒有遭遇危險……」雷斯一邊騎著馬一邊想，接著卻在不遠處看到一隻企鵝呆頭呆腦的晃著。

「屁提？屁提——」加快速度來到屁提身邊，雷斯一把抱起他就問：「你怎麼在這裡？艾希亞呢？」

「艾希亞……噢——屁提也在找艾希亞，剛才飛一飛，發現前主人在距離我們不遠的地方，屁提很害怕就先躲起來，後來優妮可被前主人從空中打下來，艾希亞跟前主人吵架之後也被打下來，屁提也在找她們……希望她們平安才好……」屁提摀著臉，向雷斯簡短說明了剛才的情況。

「什麼？她們掉在哪裡？屁提你有看到嗎？」雷斯緊張的問。

「嗯……就在這附近……可是屁提找不到……」

「真是的！怎麼會發生這種事情啦……艾希亞——妳在哪裡？優妮可——有聽到我的聲音嗎？」牽著馬、抱著屁提，雷斯在附近大聲的呼喊著。

「雷斯？是雷斯！太好了，我們不用被困在這裡了！」艾希亞拉著前一分鐘才剛醒過來的優妮可開心的說，接著朝著外面大喊：「雷斯——」

「雷斯——我們在這裡——」回過神的優妮可跟著艾希亞朝著外面不停的喊

著。

循著聲音雷斯找到了優妮可和艾希亞。

「找到了！」看到兩人平安無事的雷斯卸下心中的大石頭，因為他真得很擔心兩個人會出什麼事。

「但是……你要怎麼救我們出去？」艾希亞看到雷斯就像看到救兵一樣，但是面對堅固的冰雪牢籠，要怎麼出去又是另一個問題。

「還好我剛剛去了一趟歐爾費鬍的店，妳們看，我帶來這個。」雷斯從口袋中拿出一顆橘色的小寶石，晶瑩剔透的樣子讓人看了有一種很溫暖的心情。

「這是什麼？」優妮可問。

「太陽石，據說吸收了太陽的熱與光，可以融化世界上任何一種冰。」雷斯興奮的說。

「可是……歐爾費鬍的店真的會有這種東西？你確定不是假的嗎？」艾希亞經歷過被歐爾費鬍欺騙的事件，不太相信雷斯手中的寶石是太陽石。

「這是千真萬確的，因為普特克把歐爾費鬍變成地毯了，我威脅他如果想要變回原狀必須要拿出值得的東西，他就指引我去拿了這顆寶石。」

「總之快試試看吧！如果不行我們還得想別的辦法。」優妮可催促著。

雷斯點點頭，接著把那塊太陽石靠近堅固的冰雪鐵柱，寶石一碰到冰就像在吸收冰的能量一樣，開始放出熱光，接著冰鐵柱一根接著一根被融化了！

那幾根艾希亞怎麼嘗試破壞卻絲毫沒有任何損傷的冰鐵柱，在太陽石的幫助之下輕而易舉的就融化成水了。

「太好了！太好了！謝謝你雷斯，啾——」在雷斯的臉頰上留下深深的一吻，艾希亞開心的樣子就像個女孩第一次拿到洋娃娃作為禮物一樣，雀躍不已。

「艾……艾希亞……妳……妳……妳剛剛是……是親……親了我嗎？」雷斯可能是第一次被女孩子親，所以有點不知所措的看著眼前的艾希亞。

那瞬間，他覺得她閃閃發光、動人耀眼。

「你講什麼？我們快點出發去殲滅普特克了！」艾希亞就像什麼事情都沒發生過一樣的回應了雷斯。

「噢……噢……」不好意思多說什麼的雷斯，隨著艾希亞和優妮可，手上還抱著那隻呆頭呆腦的企鵝屁提，一路馬不停蹄的來到普特克的城堡前。

如果陡峭是用來形容山壁，那這個詞現在也很適合形容眾人面前的情況。

整座城堡充滿黑魔法的能量，寸草不生的土地被厚厚的冰層覆蓋，放眼望去所看到的一切都是黑色的冰打造出來的。

「天啊……這要怎麼進去啊……一不小心就會摔死吧……」懊惱的艾希亞看著眼前一大片冰地，又開始煩惱了。「怎麼煩惱一波接一波都不會停止一下的喔？」

「我就知道會發生這種事情，所以我才堅持要去一趟歐爾費鬚那裡，妳們看！」雷斯從掛在白馬身旁的袋子裡拿出兩雙溜冰鞋，粉色晶瑩剔透的溜冰鞋，還有那雙聽說很值錢的冰刀鞋。

「艾希亞，這段期間真的辛苦妳了，我知道身為公主不是一件簡單的事情，更何況妳現在又多了極光女神的身分，壓力一定又更大了吧？」雷斯蹲在艾希亞面前，一邊說一邊替她換上溜冰鞋。

「你怎麼突然說這個？」艾希亞臉一紅，不好意思的任由雷斯將她的腳放進自己的溜冰鞋裡面。

「我知道適當的抒發壓力是一件很重要的事情，對妳來說溜冰就是可以讓妳暫時放下煩惱的運動。」雷斯替艾希亞穿好鞋之後站起身。「中國古代孫悟空大鬧天宮，今天我們大鬧黑暗皇宮吧！讓妳自由的靈魂得到解脫，釋放這段日子給自己的煎熬與痛苦，好好的慰勞自己一番。」

雷斯說完也換上自己的溜冰鞋，對艾希亞伸出手作為進入城堡的邀請。

「可是優妮可沒有溜冰鞋……她要怎麼辦？」艾希亞轉頭看著妹妹，憂心的說。

「艾希亞去吧！我會在城堡外面等你們。」牽起姊姊的手，優妮可最擅長的就是露出令人放心的微笑。

「那妳千萬要小心，找個地方躲起來，別讓城門的守衛找到妳，一定要平安喔！」艾希亞雖然稍稍放下心中的擔憂，但依然還是再三交代安全的問題。

「不要擔心，我會注意安全，你們也是。雷斯，我把艾希亞交給你了，請你要好好保護她。」

「優妮可，這妳就不用擔心了，身為紳士好好保護身邊的女士是必要的，更何況對方還是一位公主。」

「艾希亞、雷斯，除了你們不要受傷之外，我還可以請你們不要傷害到普特克嗎？至少不要致他於死地……雖然我跟他只有血緣上的關係，但他好歹也是我的父親……」

「優妮可，我們是人，有血有淚有良心的人，即使他犯了天大的錯誤，我也不會殘忍的去傷害或殺害他，這樣的行為跟他有什麼兩樣呢？我答應妳我不會致他於死地，但前提是我們必須要先保護好自己。」雷斯握緊身旁配帶的腰劍，眼神堅定的看著優妮可說。

「嗯……那麻煩你們了，路上小心。」

「耶！出發囉！」屁提在聽到優妮可說完那句「路上小心」之後就像得到皇后的恩准一樣，直接朝著陡峭的冰壁開始往下溜。

「那我們出發了。」雷斯也牽著艾希亞的手，兩人站在大約有八十度的冰壁上往下看，接著深呼吸一口氣，邁開步伐往下溜。

前方在等著他們的是決定自己未來生死的關鍵。

拼了命也要活下來，就算犧牲自己也要銳減普特克的法力。

第十四章　解除咒語

普特克的城堡是一座黑到噁心的冰宮，什麼是黑到噁心的意思呢？

想像一下從你家的冷凍庫裡拿出製好的冰塊，接著倒上一些瀝青，就是鋪柏油路的那種黑黑黏黏的液體，然後等它凝固後再倒上一點隔夜沒吃完的臭酸咖哩接著送進冷凍庫裡再次急速冷凍。

成品大概就跟普特克的城堡沒什麼兩樣了，我是指味道跟顏色，至於外觀——普特克一定會好好「雕塑」自己的住所。

雖然這座城堡到處都充滿了噁心的瀝青跟臭酸咖哩的味道，但好在它是冰製的，艾希亞和雷斯穿著冰刀鞋順利的滑在冰上。

也因為整座城堡長得歪七扭八，用「醜八怪」來形容它還太對不起醜八怪，所以普特克不想花心力去經營這棟沒看頭又很噁心的房子，只負責讓它的外觀看起來很雄壯威武，其實一點設計美感都沒有，才會讓艾希亞和雷斯這麼容易就溜冰進入。

話說普特克本來就不是一個負責任的傢伙，所以也不要太指望他會把城堡裝潢的美輪美奐。

就在艾希亞跟雷斯兩人順利進入城堡之後，他們換回自己原本的鞋子後沿著樓梯一層一層往上走，當他們來到大廳的時候發現普特克不在王位上，附近也沒有什麼守衛看守。

「仗著自己有法力就疏於管理，普特克真是太小看我們了。」雷斯不屑的看了看四周，接著準備要跟艾希亞繼續往頂樓的方向去。

「吼——」一陣劇烈的搖晃，艾希亞和雷斯身後出現一隻鷹獅，就是一般的獅子王長出一對翅膀再外加臉部是老鷹的樣子，大吼一聲之後作出要攻擊的樣子。

「看樣子普特克也不是疏於管理嘛！還派了這頭怪獸來保護他的城堡。」雷斯從腰間抽出配劍，他答應過優妮可要好好保護艾希亞。

「雷斯，你要小心。」艾希亞在一旁擔憂的說，她是手無寸鐵的女子，鷹獅如果發動攻擊，她一定沒有能力可以抵禦，畢竟最重要的極光魔杖現在不在自己身邊。

「艾希亞，妳先上樓去找極光魔杖，這個大傢伙讓我來對付就好。」擋在艾希亞面前，雷斯一臉嚴肅的看著鷹獅，絲毫不敢放鬆。

「那你千萬要小心。」艾希亞現在的重點是找到極光魔杖然後看它到底是出了什麼問題，她想知道為什麼對付普特克的時候魔杖一點用都沒有。

於是她將鷹獅交給雷斯對付，她相信他一定會好好保護自己，也會好好的來到頂樓跟自己會合。

留在大廳的雷斯跟眼前的鷹獅對峙著，絲毫沒有鬆懈的時刻。

「外來者，為什麼入侵了普特克的城堡？」鷹獅首先開了口，那是一個很溫柔的女聲，與外表兇殘可怕的樣子完全搭不上。

「妳……妳會說話？」雷斯雖然驚訝，但依然沒有放鬆戒備。

「我一直都有可以說話的能力，只是我不想說話而已。快說，為什麼要來到這個充滿危險的地方？」

「我追隨著極光女神艾希亞來到這裡，找回被奪走的極光魔杖準備打敗普特克。」

「極光女神？艾希亞？你是說……海爾洛王國的艾希亞公主嗎？」

「是的！她就是極光女神，我也是前幾天才知道。」

「怎麼可能？你是騙人的吧？她怎麼可能是極光女神？」

「是真的，因為她製造出極光魔杖，還用了魔杖救了優妮可公主。」

「優妮可？優妮可發生了什麼事？」

「優妮可公主被普特克下了魔咒，變成獨角獸，是艾希亞公主用極光魔杖恢復她人形的樣子。」

「艾希亞……優妮可……還好妳們沒事……」鷹獅喃喃自語著。

「妳是誰？難道跟兩位公主有什麼關係嗎？為什麼要詢問兩位公主的狀況呢？」

「我……」

「梅……洛……絲……？妳的名字是梅洛絲？」雷斯上上下下的觀察著眼前鷹獅，發現她的脖子上掛著一條刻著「梅洛絲」字樣的項鍊。

「是的，我是梅洛絲，海爾洛王國的大公主，優妮可和艾希亞的姊姊。」鷹獅的眼神中流露出一股哀傷。

「妳……怎麼可能？公主殿下怎麼可能是鷹獅？妳騙我的吧！」

雷斯不相信眼前的鷹獅是海爾洛王國的公主，要求對方提出證明。

「我不需要騙你，但也不知道怎麼證明，我只能告訴你在很多年前，我也忘記到底過了多久，那天我一個人在花園裡準備要給父王與母后的禮物，普特克不知道怎麼潛入皇宮找到我的，接著威脅我要成為他的妻子。他的惡名早就傳遍了整個王國，我雖然害怕卻沒辦法對付他……」

「為什麼？王國上下成千上萬的軍隊士兵打不過他嗎？」

「海爾洛王國現在整座城如同墓園一樣死寂，國王與皇后全都變成石頭，你覺得整個王國的軍隊足以跟他抗衡嗎？他是有魔法的法師耶！」

「嗯……但是……妳怎麼會在這裡？還變成鷹獅的樣子？」

「那時候普特克在被我拒絕之後惱羞成怒，就把我變成這個樣子，還說除非我答應嫁給他，不然一輩子別想回到原本的人形樣子。」

「又是一個逼良從娼的爛人，他也是這樣對付艾希亞的，說什麼一個禮拜之內沒有答應他成為他的妻子，海爾洛王國就會永遠石化。」

「可憐的艾希亞……那個時候他也是這樣威脅我的，他說如果我不跟他回城堡就要摧毀海爾洛王國，什麼辦法都沒有的我只好無奈的跟著他回城堡並成為他的坐騎。」

「太可惡了……普特克怎麼可以這樣……」

「極光城堡距離這裡最近，其實普特克還有三位妻子，除了元配是從以前開始到現在都對他不離不棄之外，另外兩任妻子也是他從海爾洛王國擄來的，強行帶回來的女人只要稍微不從他的心意就會被變成外表如同青蛙的樣子，只有在他心情好的時候才會偶爾讓她們恢復人形。」

「普特克連自己的糟糠之妻都是用這種方式對待嗎？」

「他對奇菲還好，因為奇菲可以隨心所欲的變化成人類或各種形式的動物，但……這也是普特克玩弄的把戲……她完全沒辦法說服自己的丈夫棄暗投明。」

「擁有這麼大的法力跟權力，又沒有剋星，當然會為所欲為，也難怪他想怎樣就怎樣，這是人的劣根性……。」

「雷斯先生，請你快去幫助艾希亞吧！普特克在上面啊！她會有危險的。」

「妳怎麼知道我的名字？」

「剛才艾希亞喊你的時候我有聽到，但這不是重點，快去幫助她吧！」

雷斯還沒回過神，梅洛絲就「叼」著他快步跑上頂樓。

而早先剛抵達頂樓的艾希亞並沒有發現普特克的身影，倒是在一旁的金幣銀幣堆上發現自己的極光魔杖。

「哎唷！我們來看看是誰大駕光臨呢！」熟悉又噁心的嗓音在艾希亞差一點就可以拿到極光魔杖的時候，在自己耳後響起。

「真是倒楣，又遇到他……」艾希亞停止動作，不悅的轉身。

「沒有被大雪完整覆蓋住真是太小看妳了呢！早知道我就直接把妳給活埋就好。」

「你的法力目前的確無人能敵，沒想到你噁心跟倒楣的程度竟然也是無人能敵。」

「嘿嘿嘿！我就不懂那支破木材到底有什麼好？居然讓妳不顧生命危險。」

「它不是有什麼好，而是唯一可以打敗你的機會。」艾希亞想轉身跑到距離自己才幾步遠的金幣堆上面拿取極光魔杖，沒想到普特克的速度更快。

他舉起自己手中的魔杖一揮，如同鞭子一般的光束經過艾希亞，捲起極光魔杖後隨著普特克在另外一頭用力一拉，整支魔杖就被拉到他身旁，由他身邊的三隻小青蛙接收了。

「給我拿好喔！掉了可是有妳們受的了。」普特克小聲的警告了身旁的青蛙。

「艾希亞！」此時叼著雷斯上來的梅洛絲看到這樣的情況後立刻放下雷斯，隨後自己撲上普特克。

「妳這傢伙！」普特克才剛舉起魔杖，就立刻給了梅洛絲一道重擊，啪的一聲重重撞上在一旁的石牆，力道之猛讓整個石牆裂出一道不短的裂痕。

「梅洛絲！」雷斯趕緊跑到她身邊，幸好只是稍微暈了過去。

「她是梅洛絲？」艾希亞驚訝的看著雷斯問。

「對！海爾洛王國的大公主，細節我等一下再跟妳解釋，極光魔杖呢？」

「在那裡。」順著艾希亞的手指方向，那三隻青蛙與艾希亞、普特克形成一個三角形的狀態。

「我去對付普特克，妳快點把魔杖拿回來。」雷斯說完拿起劍就衝向普特克。

「嘖嘖嘖！不自量力。」

「是不是不自量力打了就知道。」雷斯從那堆金幣小山裡面拔出另一把劍，雙劍其下的威力不輸給不使用魔法對付他的普特克。

「也好，我來陪你玩一玩，我目前的生活真是無聊到爆。」收起魔力，普特克高傲的看著眼前拿著雙劍的男子，他深深相信就算極光魔杖被艾希亞拿到手也發揮不了什麼效用，而眼前這個男子正巧解決了自己最近憂鬱的心情，讓他解解悶也好。

「拜託妳們，把魔杖交給我好嗎？」艾希亞先是動之以情的說服。

但是那三隻青蛙卻感覺很懼怕普特克一樣，不敢行動。

「我知道妳們都過著很辛苦的生活，我答應妳們如果極光魔杖能夠將妳們變回原本的樣子，我一定會盡自己最大的力量去幫助妳們，我保證！以海爾洛王國之名發誓。」艾希亞誠懇的看著眼前三隻青蛙說著，而心裡最壞的打算就是硬搶了。

「海爾洛王國……」突然其中一隻看起來最穩重的青蛙開口說話了。「妳是海爾洛皇后的親生女兒——艾希亞公主嗎？」牠用著期待又誠懇的眼神看著艾希亞。

「是的！我是。」艾希亞微微笑著，就算眉頭還皺著，她也很開心有人提及自己母親的名字。

「海爾洛她……還好嗎？」又是一次殷切的眼神。

「母后她……被普特克石化了……」艾希亞稍微述說了事情發生的經過，自己也感到很難過。

「可惡的普特克……怎麼就那麼說不聽呢……那……優妮可呢？優妮可還好嗎？」

「嗯！優妮可很安全的在城堡外面等我們，我想……她不會什麼都不做的，依照我對她的認識，她會去找雲之女王幫助吧！」輕輕的笑著，艾希亞對這個妹妹可是很信任的。

「這樣就好……這樣就好……啊！魔杖給妳吧！如果妳是海爾洛的女兒，那表示我能相信妳。」

「請問……妳跟母后是……什麼關係呢？」

「海爾洛是我從小的玩伴，優妮可是我的親生女兒，普特克是我的丈夫。」

「啊！妳是奇菲阿姨！」

「妳知道我？」

「嗯！優妮可把事情全部都告訴我了，我一定會把妳們變回人形，然後好好的教訓普特克。」

「親愛的，極光魔杖在妳充滿憤怒的時候是沒有功效的，當初極光女神為了不讓轉世者誤入歧途，特地在魔杖上面下了這道咒語。」

「啊……」

「魔杖給妳，希望妳能好好給我家那口子一點教訓，沒有人能夠教訓他整個變得天不怕地不怕……」奇菲短暫的恢復了人形，耳下五公分的海軍藍短髮，內捲包覆雙頰、斜瀏海、有紋眉、單眼皮、右眼下有一顆痣、金色的瞳孔。

接著將手上的極光魔杖交給艾希亞。

「好了，我也該結束這場遊戲了。」就在奇菲轉身拿取魔杖要交給艾希亞的時候，普特克已經厭倦了跟雷斯的戰鬥。

他舉起手上的魔杖對準雷斯，射出一道強而有力的光芒。

雷斯隨手抓起旁邊鎧甲的盾牌，那道魔力重重的彈在盾牌上接著朝著艾希亞的方向射過去。

正當奇菲把魔杖交給艾希亞的瞬間，那道魔力筆直的將魔杖上的極光寶石用力的彈走。

寶石被魔力直接彈出窗外，艾希亞衝到窗邊卻來不及抓住那顆寶石，只能眼睜睜看著它掉到城堡外的萬丈深淵。

「不——」艾希亞大喊，接著無力的坐在窗戶旁邊，心灰意冷的她眼神空洞並

充滿淚水。

「長久的努力都沒了……」就像世界突然崩潰一樣，艾希亞整個人癱軟在地。

「奇菲！妳居然跟我作對！」舉起魔杖，普特克用對付梅洛絲的方式狠狠的教訓了一次奇菲。

「住手！」替奇菲擋下攻擊的雷斯也免不了被普特克折磨了一番。

「都沒用了……都沒用了……來不及了一切都完了……」絕望的看著眼前的雷斯、梅洛絲和奇菲不停被普特克折磨的樣子，艾希亞突然覺得如果犧牲自己可以換來大家的自由，那她願意這麼做。

「艾希亞……」正當艾希亞站起身想要犧牲自己的時候，窗外傳來呼喊自己名字的嗓音。

回頭一看，一隻頸部為淡黃色，耳朵的羽毛為鮮黃橘色，腹部為乳白色，背部及鰭狀肢則是黑色，鳥喙的下方是鮮橘色，脖子掛著一個金色小鈴鐺的企鵝努力的揮動雙鰭。

「屁……屁提？你會飛？」艾希亞驚訝的看著眼前的小企鵝努力到臉都脹紅的模樣。

「其實屁提一直都會飛，是前主人幫我改造基因之後才有飛翔的能力，只是雖然我一直都知道自己可以飛，但都不敢嘗試。」屁提從窗外飛進城堡裡，最令人興奮的是他的腳上夾著剛才被彈出去的極光寶石。

「噢——我的屁提，我不知道要怎麼感謝你才好，真的太謝謝你了！」抱緊屁提，艾希亞感動的不知道該說什麼。

她在成為極光女神之前只不過是個小小王國的小小公主，這一路上受到太多人的幫助與支持，她真得覺得自己很幸運。

「快點組裝然後去教訓前主人，他是壞蛋，他壞壞。」屁提看著普特克說。

「普特克是你的前主人？」艾希亞問。

「他把屁提從南極帶回來，讓屁提跟屁提的爸爸媽媽分開，屁提那時候還是小企鵝，屁提好想念屁提的爸爸媽媽，還有朋友們……所以艾希亞，為了處罰不乖的前主人，妳快點把寶石組裝回去，然後用極光魔杖打他的屁屁！」屁提氣憤的看著普特克說。

「親愛的，我不會讓你失望的。」笑了下，艾希亞覺得自己全身都充滿力量。

第十五章　惡有惡報

真正的極光寶石跟極光魔杖結合的時候，一定會出現至少六色的極光。

艾希亞拿起屁提努力救回來的寶石，放在極光魔杖的上方，如同在支架上面就充滿魔力一樣，極光寶石一放上去，立刻穩穩的固定住。

「如果我是極光女神，我就可以很容易的召喚出極光，普特克你等著！」艾希亞冷冷的看了普特克一眼後，念出召喚咒語。

「火血的紅，勇氣與能量。」寶石的底部漸漸的發出紅光，那種紅是像鮮血一樣的紅。

「炙熱的橘，成就與魅力。」接下來往上的橘光是如同成熟的柳丁一樣。

「陽光的黃，溫暖與歡樂。」再往上一層，黃光。

「自然的綠，和諧與坦率。」接在黃光之後的綠光。

「海天的藍，信任與穩定。」然後藍光。

「皇室的紫，權力與神祕。」最後紫光。

直到這裡為止，極光寶石還沒有被所有的顏色填滿。

「希望的金，重塑人間與古今。」最後一層被金色的光芒覆蓋上後，整根魔杖同時也在發光。

「極光魔杖聽我令，吾為極光女神轉世再降臨，讓世界上的黑暗全都退去，讓被詛咒之人重回大地，滋潤修復寸草不生的土地，收回黑魔法遍及之地，吾為極光女神轉世再降臨，極光魔杖聽我令。」

艾希亞舉起魔杖，喃喃自語念了好長一串咒語。

「可惡！為什麼打不到？」普特克當然不是笨蛋，他想盡辦法要阻止艾希亞念完咒語。

但無論他怎麼努力、怎麼瞄準艾希亞發射魔力，那些魔法一碰到艾希亞手中的極光魔杖就瞬間消失，更別說傷到艾希亞。

「首先，破除石化。」艾希亞一說完，將極光魔杖朝著海爾洛王國一指，一道金色的光芒從寶石的頂點射出去，她這次充滿信心絕對可以解除父母的咒語。

「接著，恢復人形。」然後光芒發射結束之後，艾希亞又將魔杖用力的在地上敲了一下，如同打水漂兒一般，魔杖落下的點就像石頭入水開始產生漣漪一樣的產生波動。

包含奇菲在內的三位普特克的妻子全都變回人形，噢！當然還包含變成地毯的歐爾費鬚，極光女神是不會偏心的。

「最後，消滅黑暗！」艾希亞朝著普特克喊了一聲，極光魔杖發射出七道光芒包圍普特克。

「不——」普特克就像掉入流沙中一樣，不停的被光芒吸收身上的能量，連手上的魔杖也都在光芒的包圍之下，變成一般普通的棍子。

光芒散去，普特克變成一個老農民，身穿破舊的衣褲，門牙還缺了一顆，兩眼無神的看著艾希亞。

「怎麼可能！不可能啊！黑暗魔法上面明明就說極光女神的傳說是假的、是騙人的，只要修成黑暗魔法就無人能敵，妳怎麼可能……」面對奪走自己魔力的艾希亞，普特克感到十分不真實。

「那你的黑魔法一定也沒告訴你，就算傳說是假的，我們也能把他變成真的，只要擁有愛、勇氣與希望。」艾希亞拿著極光魔杖自信的笑了下。

「怎麼可能……妳上次明明就沒辦法發動魔法，怎麼可能在短短的時間內又可以了？」普特克驚訝的說。

「這要謝謝奇菲阿姨，如果不是她告訴我生氣的時候魔杖會沒辦法使用，我大概也不知道為什麼上次看到你會沒辦法使用魔法。只要想起你對優妮可、奇菲阿姨，還有世界上所有被你欺負的人的所作所為，我就感到氣憤與不平。」

「等等……妳剛剛是說……優妮可嗎？是我的女兒……優妮可嗎？」

「對，她平安無事的生活著，而你將會對自己所犯下的錯事付出代價。」

艾希亞再次舉起自己的魔杖對準普特克，重重的再給他一擊，完全消滅他身上的黑魔法。

現在的普特克完全是一個普通的平凡人了。

「呼——太好了。」在確定普特克完全失去法力之後，艾希亞深深的呼了一口氣，彷彿這段時間的重擔全都卸下了一樣。

「艾希亞，還有這裡。」循著雷斯的聲音看過去，艾希亞發現已經醒過來的鷹獅。

「雷斯，你剛剛說她是梅洛絲？」艾希亞慢慢的走上前，看著與印象中完全不符合的姊姊，內心五味雜陳說不出話。

「艾希亞……我是梅洛絲……是妳的姊姊啊！」梅洛絲的眼眶泛紅，淚水一湧而出。

「梅洛絲？妳怎麼會變成這樣？我先恢復妳原本的樣子再說。」艾希亞舉起魔杖輕輕的往梅洛絲的身上一點，整隻鷹獅發出彩虹的光，接著高大的樣子慢慢縮小再縮小，直到跟艾希亞差不多的高度才停止，雄壯的四肢也開始變細再變細、趴著

的狀態也變成站立著、身上的皮毛變成連身長裙、粗糙的五官與面容也變成細緻的妝容與清秀的樣子。

梅洛絲回來了！海爾洛王國的大公主殿下。

剛好到肩膀的深褐色直髮、齊瀏海、鵝蛋臉、細長的眉毛、雙眼皮、紫色的瞳孔，脖子上配戴一條星型實心項鍊，上面刻著「梅洛絲」。

「噢——我親愛的梅洛絲，這段日子妳還好嗎？」看見鷹獅真的變回姊姊，艾希亞除了開心再度見到梅洛絲之外，還很關心她失蹤的這段日子到底是怎麼度過的。

「還好，在普特克的城堡裡面生活也就是那樣了，幸好奇菲阿姨很照顧我……」梅洛絲紅著眼眶抱著艾希亞說。

「妳到底都過著什麼樣的生活啊？」艾希亞抓著姊姊的手，不捨的看著她。「妳一定受委屈了對不對？」

「何只受委屈，根本就任由普特克差遣！」一旁被解開咒語的普特克的第二任妻子——莎莉蓮說。

「天天對我們大小聲，都不懂老婆是要娶回來疼的，動輒打罵，當我們是什麼了啊？」第三任妻子——姵妲娜說。

「對啊！對啊！我們有一餐沒一餐就算了，怎麼可以連公主殿下都是這樣呢？而且還把她當成坐騎，想要去哪裡就去哪裡，公主殿下實在受了太多的委屈。」莎莉蓮再接著說。

「太過分了！真的太過分了！你怎麼可以這樣對待我的姊姊。」氣憤的艾希亞發怒的狠瞪著普特克。

「好了艾希亞，普特克固然過分，但他現在也受到應得的報應與教訓了。」冷靜的梅洛絲攔著要狠狠揍一頓普特克的艾希亞說。

「兩位公主殿下，為了普特克這種人發怒不值得，要教訓這種男人就交給我們吧！我們要把這幾年來在他身上所受到的委屈全都還給他。」姵妲娜拿起插在一旁金幣堆裡的狼牙棒，怒氣沖沖的走向普特克。

「是啊！教訓他的任務就交給我們吧！我們絕對會還梅洛絲公主一個公道的。」莎莉蓮也拿起旁邊的棒球棍，準備好好給普特克「一頓粗飽」。

「好了，妳們還有沒有把我放在眼裡呢？」奇菲這時候阻止了她們兩個。

「奇菲姊……是普特克太過分，這口氣我們嚥不下去啊！」佩妲娜委屈的說。

「他好歹是我孩子的父親……本質其實不壞……交給我處理吧！妳們兩個這段時間也受苦了，回家吧！把這裡的金幣全都帶走，好好的繼續生活下去。」奇菲溫

柔的對著兩個「妹妹」說。

「奇菲姊……那妳怎麼辦？」莎莉蓮看著眼前一直以來都很照顧自己的奇菲，內心湧起了一股不捨。

「我知道妳們都是被普特克強行擄來的，我對妳們的人生與家人產生很大的愧疚與抱歉，這點金幣也許不能彌補些什麼，但就當作是我對妳們的虧欠，都拿走吧！我跟普特克總是會有辦法生活下去的。」不改一貫的溫柔，奇菲只是笑笑的看著眼前三十歲左右的女人。

那是普特克欠她們的，自己身為普特克的原配妻子，多少也想替自己的丈夫扛起一點責任。

莎莉蓮和姵妲娜互看了一眼之後，去找了好幾個袋子把那些金幣全都分裝完。

「奇菲姊，妳一定要保重，如果有什麼需要我們的幫忙一定要來找我們。」

臨別前，奇菲只有滿滿的虧欠；莎莉蓮和姵妲娜則是滿滿的不捨。

縱使知道普特克很可惡，畢竟大家都是受害者，沒有理由惡言相向。

「我以海爾洛王國大公主的身分，除去你的居住權，從此不再為海爾洛王國的子民、不受海爾洛王國的庇佑，同時也除去你與奇菲的夫妻身分，從今天開始，你們不再是夫妻，無須履行夫妻間的義務。」梅洛絲在姵妲娜他們離開之後，對普特克下了這樣的命令。

「我以極光女神轉世者的身分，並以極光魔杖為名，印證海爾洛王國大公主——梅洛絲的命令，普特克，從我的世界滾出去吧！」艾希亞冷冷的看著普特克。

「為你曾經犯下的罪行贖罪，直到天地都原諒你為止。」

「不！不要啊——奇菲！奇菲！妳幫我求求艾希亞公主，不要把我送走……」普特克緊緊抓著奇菲的腳，哭喪著臉的樣子像極了一隻敗家犬。

「也許赤道是最適合你的地方，看看你那冰冷無情的心會不會被那邊的太陽火辣辣的融化掉。」奇菲冷酷無情的看著他。

並不是不替他求情，而是他做出太多傷天害理的事情，奇菲是獨立的個體，她已經對姵妲娜她們感到很抱歉了，接下來沒有必要再去承擔每一件普特克所做的錯事。

「直到你找回活在世界上的初衷，而不是被利益與權力矇蔽雙眼的時候，我的魔法會帶你回到這裡，在你深深反省過之前，我就依照奇菲阿姨所說的，送你去赤道吧！」舉起魔杖，艾希亞用魔法將普特克帶到距離北極圈很遙遠的地方——一個被稱為一年四季只有夏天的地方。

「普特克的魔法解除後，這座城堡不久就會崩塌，我們快點離開這裡吧！」梅

洛絲有先見之明的說。

但就在梅洛絲說完後，果不其然開始天搖地動，城堡上的梁柱開始崩裂，大門也擠壓變形，完全打不開。

「糟糕！看看另外一邊的出口還能不能走。」奇菲帶著梅洛絲、艾希亞和雷斯與屁提趕忙前往大廳的另一個出口，但是來得太晚，整座城堡已經開始要崩塌了。

「艾希亞！」就在這個時候，窗外傳來優妮可的聲音。

「是優妮可！優妮可！我們在這裡——」趴在窗框旁邊對外大聲喊著，艾希亞希望在外面等待的優妮可平安沒事。

「艾希亞，快點上來。」自己騎著一匹，身後跟著三匹飛馬，優妮可來到艾希亞所在的窗邊。

「這是？」艾希亞驚訝的問。

「我在外面等你們等得很不安，所以我去請求雲之女王的幫助，她知道之後也絲毫不遲疑的就借出這些飛馬，快上來吧！」優妮可伸手接過艾希亞丟給自己的屁提，接著後面的三匹馬順利的載著其他人回到海爾洛王國。

「太好了，大家都恢復原狀了呢！」騎在飛馬上的艾希亞開心的看著恢復翠綠與生氣的家。

廣場上的市民開心的手足舞蹈，噴水池也開始水的循環，地面的花草恢復以往的生氣蓬勃，樹林一片翠綠，到處都有春天帶來的溫暖。

海爾洛王國已經好久沒有這麼令人心曠神怡的風景了。

「現在這個時節，怎麼會像春天？」優妮可疑惑的問。

「是極光魔杖的關係，海爾洛王國的主城從此之後會是個四季分明的地區，在北極圈裡這可是很難得的。」艾希亞笑著說。

隨後大家抵達極光城堡，在飛馬降落的瞬間，國王與皇后也從大廳裡跑出來。

「梅洛絲？是梅洛絲嗎？」國王與皇后看到久違的大女兒，激動的抱著她。

「父王、母后，我回來了。」梅洛絲看著多年來思念的雙親，眼淚跟著思念一起決堤。

「回來就好、回來就好，這些日子妳受苦了。」皇后不捨的看著梅洛絲。

「不會、不會，只要妳平安健康，就是我對妳的雙親最大的交代。」國王也拍了拍梅洛絲的頭，憐愛的說。

「噢——奇菲，我好擔心妳，過得好嗎？」皇后接著給了從小一起長大的好友一個緊緊的擁抱，自從上次事件發生之後她再也沒見過她。

「還好，普特克的事情終於是圓滿結束了，也謝謝妳幫我照顧優妮可這麼

久……」奇菲擦去眼角的淚水，滿懷感激的對著海爾洛皇后說。

「不要這麼說，好朋友就是要這樣互挺啊！對了，優妮可，這是妳的親生母親。」海爾洛皇后將優妮可帶到奇菲的面前，母女倆一見面又是深深的擁抱。

「媽……」優妮可很早之前就希望可以見到奇菲，如今終於實現願望了。

「我親愛的孩子……這些年來海爾洛幫我把妳照顧得很好，妳很漂亮、很健康，我很開心。」奇菲看著優妮可成長後的樣子，雖然遺憾自己沒有參與到優妮可全部的成長過程，但是只要她現在開心快樂，一切都是值得的。

「媽……謝謝妳一直守著我、保護我，我很努力的生活就是要等妳回來，媽……我真的很想念妳……」縱使海爾洛皇后一路悉心呵護著優妮可成長，但畢竟奇菲和優妮可還是有著血濃於水的關係與感情，母女倆再次重逢，心更緊了。

「母后，我想要和媽媽一起開一間小店，我想要和媽媽一起度過過去空白的二十年。」優妮可牽著奇菲的手，轉身對著海爾洛皇后說。

「開……開店？大家一起住在城堡裡不是很好嗎？」海爾洛皇后皺了下眉頭後說。

她其實也不是反對，只是單純覺得自己養育優妮可也有感情了，要這樣分開她多少也捨不得。

「我們想要在海爾洛王國裡面開一間麵包店，順便學怎麼沖咖啡，雖然城堡裡什麼都有、什麼都不缺，但是我說到底也不是一個當公主的料，和媽媽平安快樂的住在一起，母后有空也可以來吃吃看我們做的麵包和幫我們品嚐一下泡的咖啡味道，這種平淡的生活對我來說真的很誘人。」優妮可第一次像個小女孩述說自己夢想一樣的在海爾洛皇后面前說著自己對未來的計畫。

「母后，我認為可以讓優妮可去試試看。」艾希亞牽起優妮可的手。「我相信跟我一起長大的妹妹一定可以做出全世界最好吃的麵包、還有最好喝的咖啡，如果這是她的夢想，我覺得我應該幫她實現。」

「這……」海爾洛皇后看上去依然還是有點猶豫。

「親愛的，讓孩子們學會飛翔吧！經歷了這件事情，我們三個女兒都成熟了很多，優妮可也不再是個孩子了，讓她自由的去發展吧！」國王在一旁也跟著勸說妻子。

「好吧！」海爾洛皇后終於展開笑顏。「我期待自己的女兒和好朋友新開幕的店，我也會替妳們加油的！」

伴隨著大家的歡呼聲，看似美滿的故事好像就這麼結束了？別著急，還有下一章喔！

第十六章　最後的歸屬

就在大家都沉浸在Happy Ending的時候，在一旁默默看著皇室家庭歡樂的雷斯雖然臉上笑著，但眼中卻露出些許的哀傷。

「雷斯？你還好嗎？」艾希亞看到雷斯臉上那隱藏不了的哀傷，靠過去問了句。

「嗯……很好啊！」

「你想念父母了，對吧？」

「嗯……過了這麼久，不知道他們生活得怎麼樣了……」

「回家一趟吧！看看他們是否安好，順便把你的極光寶石也帶回去，還有這個也是。」艾希亞把項鍊從自己的脖子上拿下來，送給了雷斯。

「這是……？」

「這是證明你對這個國家曾經盡心盡力的證據，往後你或是你的後代需要任何協助與幫忙，歡迎你隨時拿著它來找我。」

「艾希亞……」

「很感謝你這段期間對我的幫助，從現在開始我要恢復成公主的身分了，也許不能很常去找你，我只能祝福你未來一路順利。」艾希亞說完便張開雙手，接著給雷斯一個緊緊的擁抱。「謝謝你，自大狂。」

「呵……身為極光女神並不容易，妳要學習的事情還很多，我也祝福妳未來一路順利。」擁抱之後，雷斯單膝跪下，在艾希亞的手背上輕輕的一吻。「我也謝謝妳，公主殿下。」

告別了皇室成員後，雷斯騎著國王贈送的馬，帶著極光寶石回到自己的家鄉。

「妳真的捨得放棄他嗎？」梅洛絲悄悄來到艾希亞的右邊，看著雷斯遠行的身影問。

「他是個很好的人選呢！」優妮可也來到艾希亞的左邊，跟著梅洛絲一起往雷斯離開的方向看。

「妳們在講什麼啊？」艾希亞臉上浮起一抹紅暈，她知道姊妹們在說什麼。

「這麼好的男人，不是妳想擁有就可以擁有的。」梅洛絲笑了笑，轉身向後走。

「如果我是妳，也許會勇敢追愛喔！」優妮可笑了下說。

「依照妳的個性妳才不會！」艾希亞白了她一眼說。

「嘿嘿！我的確不會，所以我才說：『如果我是妳』，因為我知道妳會！」優妮可嬉笑了下，跟著奇菲走出了城堡。

「他真的……我真的……哎唷我在想什麼，我是公主欸！他只是個鐵匠，父王

和母后不會答應讓我們在一起的。」搖了搖頭，艾希亞苦笑了下。

「妳的幸福妳自己去追求，我們絕對不會阻止妳，不要把責任都推到我們身上，艾希亞妳年紀也不小了，可以替自己作主了。」海爾洛皇后聽到艾希亞這麼說就反駁她，隨後便與國王和梅洛絲進了皇宮。

「我……」好像大家都替自己的前方開了一條筆直的道路，看似美滿幸福，但是艾希亞還是有點不安。

而雷斯也懷著同樣感到可惜的心情回到了好幾個月沒回去的家。

「爸……」回到距離極光城堡有一段路的家，雷斯首先尋求雙親的平安。

可是原本的家看起來好像已經很久沒有人居住了，到處佈滿灰塵，窗戶和木門壞了也沒有修，門前總是升起一爐紅紅的火灶也都是煙灰。

「媽……」雷斯進屋裡喊了聲，但回應的只有破爛的房子與傢俱。

「到底發生了什麼事……」雷斯在家門附近轉了轉，他相信父母只是離開這裡，而不是遭遇不測。

「爸、媽?你們在哪裡?」走到住家附近的農田看了看，發現幾個低頭的農夫辛苦的在剷雪。

「不好意思——」雷斯一邊走在田埂上，一邊對著那邊的農夫們揮手。

幾個聽到雷斯洪亮嗓音的農夫抬起頭，看著這個有點陌生卻又有點熟悉感的男子。

「不好意思，請問你們知道住在那邊的那戶人家搬去哪裡了嗎？」雷斯來到農夫們的面前問。

「哦！那戶人家聽說已經搬走很久了。」農夫甲說。

「而且還聽說搬走的時候只有男主人一個人呢！」農夫乙說。

「是嗎？我怎麼聽說女主人跟男主人一起搬了家？」農夫甲反駁的說。

「只有男主人？那女主人呢？沒有看見嗎？」雷斯慌張的問著農夫乙。

「聽說女主人好像得了憂鬱症，時常嚷嚷著要找兒子，有時候像個瘋女人一樣亂跑，男主人好像也因為這樣很頭痛。」農夫丙說。

「小夥子，你找那對夫妻有什麼事嗎？」農夫丁上下打量雷斯一番，帶著疑惑的眼神問。

「他們是我的父母……請問各位老前輩們知道我爸媽的去處嗎？」雷斯緊張的問，但是眼前的老農夫們也只是搖搖頭，沒人知道雷斯父母的去向。

「小夥子，我是聽說女主人病死了，男主人曾說過他想到處去流浪，所以去哪裡我也不知道。」農夫戊提供了這個讓雷斯聽起來很是擔憂的消息。

雷斯向幾位農夫鞠躬道謝之後，再度返回那個曾經住著自己爸媽的家。

「爸、媽，不是說要等我回來嗎？大家各說各話，你們到底在哪裡……」雷斯一個人獨自進入了爸媽的房間，床鋪、櫃子、傢俱擺設全都整齊的排放著，就像當初他離開家的時候一樣。

「到底去哪裡了……」雷斯坐在媽媽的梳妝台前，呆呆的看著鏡子裡的自己。

「那是……啊！」從鏡子裡面，雷斯看到身後的桌子上放著一封信。

「是爸爸！」一拆開信，熟悉的字體映在眼前，雷斯知道那是出自父親的手。

親愛的雷斯：

請原諒我們沒有等你回來，你的母親病得十分嚴重，請了城裡的醫生來看過之後說是心病，俗話說心病還需心藥醫，你的母親十分思念城裡的生活，所以我決定帶著她到距離這裡最近的城市去。

我答應過凱登王國的國王不再進入凱登王國的國土，所以只好帶著你和你媽千里跋涉來到這個鳥不生蛋的小鄉村，沒想到卻害你媽有這種狀況發生。

我們要去的地方是海爾洛王國，那裡的國王聽說很賢明，如果去那邊生活，也許多少能夠恢復一點以往的生活。如果你看到這封信，就來海爾洛王國找我們吧！

愛你的爸爸　留

「呵……原來……爸媽搬到了海爾洛王國……呵……這是天注定嗎？」雷斯握著信苦笑著，他的心思都留在了海爾洛王國，現在爸媽也在那邊、心愛的人也在那裡，他是注定要回到海爾洛王國去的。

他握著手中那條曾被自己弄斷，然後優妮可又幫忙接回去的白色扇形項鍊。

「就算回去了，我也不能跟她見面了。」雷斯笑了笑。

「算了，那又如何呢？只要遠遠的看著她就好……只要她幸福就好……有些感情放在心裡最美……」雷斯收起項鍊和家信，騎著馬沿著來時路準備回去海爾洛王國。

而在極光城堡裡的大公主梅洛絲和二公主艾希亞看樣子是回到了以前的生活，極光魔杖被當作鎮國之寶，國王和皇后也繼續賢明的統治著國家。

幾個月下來……

偶爾，艾希亞會去找優妮可喝咖啡吃麵包，或是品嘗優妮可新研發的甜點。

偶爾，艾希亞會和梅洛絲研究世界各個國家的歷史與現狀。

偶爾，艾希亞會和海爾洛皇后一起學習其他外語和身為女王該有的美姿美儀與態度，而且還比以前認真。

偶爾，艾希亞會和國王一起去騎馬打獵學習射箭，技術一天比一天好。

偶爾，艾希亞會和屁提一起去附近專門打造給自己的巨大溜冰場盡情的溜冰。

但是，她還是很想念那個自大又自戀，但卻總是在自己最無助的時候出現在自己身旁的那個傢伙。

不知道他現在過得好不好，是不是已經用極光寶石重振家業了？

艾希亞有很長的時間都會眺望著遠方，靜靜的像是在沉思什麼事情一樣，大家都知道她在思念誰，但卻誰也不說破。

「屁提，我覺得自己好空虛……好像少了什麼一樣……」這天，艾希亞坐在窗框旁邊，她沒有跟父王和母后去找奇菲阿姨與優妮可，藉口自己昨天太晚睡了要補眠而推掉。

也沒有跟著梅洛絲去尋訪民間，因為她覺得尋訪的地方也不會有自己想見的那個人，所以寧可自己待在皇宮裡。

「其實屁提很羨慕艾希亞……」屁提爬到窗框上面坐著，看著眼前沒有表情的艾希亞說。

「羨慕我？為什麼？感覺你活得比我快樂……」

「屁提很想念我的爸爸和媽媽……還有從小跟我一起長大的好朋友酷斯拉。」

「你朋友叫酷斯拉？」艾希亞嘴角揚起微笑，自己在腦中想像一隻長的像恐龍的企鵝。

「對啊！他叫酷斯拉，是一隻很酷的企鵝，我很想他，不知道他生蛋了沒有……」

「生……生蛋？」

「對啊！我們企鵝之間都是這樣打招呼的，你們人類會說：『嗨！你吃飽了嗎？』我們會說：『嗨！你生蛋了嗎？』所以我很想知道酷斯拉生蛋了沒！」

「噗……哈哈哈哈哈哈，屁提你好可愛喔！」艾希亞果然又在腦子裡面想像了一次長的像恐龍的企鵝在生蛋。

「屁提覺得艾希亞不快樂，所以屁提想要回家找爸爸媽媽，艾希亞可以跟屁提一起去嗎？艾希亞看到屁提的家族會很開心喔！」

「嗯……這是個好主意耶！等父王母后回來之後我就立刻跟他們說！不！我現在就去跟他們說！」艾希亞彷彿從無聊的人生中找到了很大的樂趣，她抓起外套、抱起屁提、騎著白馬衝出皇宮。

目的地是生意越來越好的優妮可的店，還沒踏入店裡，陣陣的麵包香混搭著咖啡香就足以讓路過的路人停下來多看這間店幾眼。

「父王！母后！」艾希亞人未到聲先到，而海爾洛皇后一聽就知道是自己的親

生女兒。

「艾希亞，說過很多次不要大呼小叫，要有一個公主的樣……」

「我要去南極！」一推開門，艾希亞說話的樣子彷彿就像是找回過去的自己一樣，眼神散發出閃閃發亮的光芒，那是普特克事件發生之前，她內心所充滿的熱情。

「去南極？」大家異口同聲的叫著，國王更是來不及將口中的咖啡吞下去就又噴了出來。

「對！我要去南極，送屁提回他的家鄉。」艾希亞勾起名為愉悅的笑容，好心情全寫在臉上。

「但是……妳是要繼承王位的繼承者，妳這趟去南極……感覺很危險呢……」海爾洛皇后的擔憂不是沒有道裡，但是這段時間她也知道，艾希亞不是一個適合被綁在一個特定區域的女孩。

「母后，我看到大家都各自有了歸屬，但我卻覺得好空虛，就像生活沒有靈魂一樣的行屍走肉。我雖然是極光女神的轉世者，但是對於人生的歷練還是太少，在普特克事件的處理過程當中，我受到多少人的鼓勵才能夠充滿自信的去面對整件事情的發展？我真的需要學著讓自己成長。」艾希亞堅定的看著海爾洛皇后說。

「妳的生活很精彩啊！幾乎天天都安排著不一樣的活動，這樣還不夠嗎？」皇后問。

「妳知道那不是我想要的生活……」艾希亞垂下眼簾，她彷彿知道皇后會拒絕她一樣。

「母后，我覺得讓艾希亞帶著屁提回南極，順便去世界看一看，也許能夠把海爾洛王國統治得更好。」優妮可站到艾希亞身邊，替她說話。「不過要幫我看看是不是有適合我製作甜點或麵包的食材，又或者發現特別的咖啡豆可要幫我帶回來喔！」

「這是一定的啊！」艾希亞感激的看著優妮可並拉著她的手說。

「我也贊成讓艾希亞送屁提回南極。」國王此時出聲說道。「雖然艾希亞的箭術越來越好、人也越來越穩重，但是海爾洛王國需要的是一個充滿熱情與開心的女王，不是像她這樣壓抑自己。」

「父王……」艾希亞感動的看著支持自己的父親，這是第一次感受到被國王肯定與信任的感覺。

「我也同意！海爾洛，讓艾希亞出去外面闖一闖，她已經長大了會照顧自己，適當的放手反而可以讓她成長得更快，如果優妮可想要一起去，我也會同意的。」

奇菲也加入了贊成的行列。

「我才不去呢！要去的話媽媽妳要跟我一起去。」優妮可罕見的跟奇菲撒了個嬌。

「這……可是妳一個女孩子帶著屁提這樣四處遊玩，少了極光魔杖在身旁保護妳，我真的不放心，除非……除非妳找到一個可以保護妳，而我們又放心的人陪妳一起去。」海爾洛皇后開出了讓艾希亞離開的條件。

「哪有這樣的人啊……」艾希亞皺起眉頭，她知道母后在刁難自己。

「怎麼會沒有？看這裡。」此時從門外走進來的梅洛絲身後跟著一個高大健壯的男人。

「梅洛絲，妳不是去尋訪民間？狀況如何？」國王問了句。

「報告國王陛下，成功尋訪並帶來您要的人。」梅洛絲一轉身，她帶來的人有禮的向國王與皇后致敬。

「你……」在場除了艾希亞和海爾洛皇后之外，所有人都一副「一切都在我意料之中」的表情。

「很好，這位先生，請問你願意成為艾希亞公主——海爾洛王國繼承人的隨身護衛，與她一起將她的寵物企鵝送回南極嗎？」國王展出威嚴的說。

「啟稟國王陛下，草民願意成為艾希亞公主的隨身護衛，並允諾保護公主的安全。」

　　那名男子將右手放在左胸前，頭低著說。

「不行啊！艾希亞不知道要離開多久，這樣下個月王位繼承的日子怎麼辦？」皇后煩惱的問。

「梅洛絲可以先即位。」國王說出讓自己妻子都目瞪口呆的話。「雖然她不是我們的親生女兒，但卻可以在慌亂的時候臨危不亂，也許讓她成為海爾洛王國的女王也不是一件壞事。」

「對啊！對啊！姊姊代替我即位，我要肩負保護世界和平的責任實在太重大，沒辦法分神管理海爾洛王國，姊姊剛好可以幫我這個忙！而且她對其他國家的歷史和現況這麼有興趣，一定可以跟周邊國家打好關係的！」艾希亞連忙幫腔說道。

「我？」梅洛絲再三確認自己沒有聽錯國王的指令。

「姊姊妳放心，我一定會努力在世界各地巡察，然後帶文獻回來給妳當參考的。」艾希亞堅定的說道。

　　就在大家都三讀通過讓艾希亞送屁提回南極的時候，皇后突然對著那名隨身護衛小聲的說了一句：「我把艾希亞交給你是要讓你好好疼愛她，如果你敢讓她受到一點委屈，我追到天涯海角都要逼死你。」

「皇后陛下，請放心將她交給我吧！」露出陽光般的笑容，男子拍胸脯保證了艾希亞的安全。

出發的那天，艾希亞是偷偷溜走的，她不喜歡生離死別和那種哭來哭去的感覺，加上前一天晚上大家已經聚過了，天還沒亮她就已經騎著馬帶著屁提來到指定的會合點。

「為什麼你會出現在這裡？」如同第一次警告他一樣，艾希亞的臉色依然很嚴肅。

「我的父母搬到海爾洛王國裡，開了一間小鐵舖，國王賞識我的能力所以派我來當妳的貼身護衛，有這麼英俊瀟灑的隨從妳該感到滿足開心了好嗎？」

「我突然發現我對你自戀與自大的想念只有三秒鐘，現在可以麻煩你閉嘴嗎？」

「公主陛下，閉嘴可能沒辦法，但是溜冰這回事……」男子拿出當時前往普特克城堡所使用的冰刀鞋，接著替艾希亞換上後再紳士的伸出手。「請問我是否有這個榮幸跟艾希亞公主共舞冰上華爾滋呢？」

露出好久不見的幸福笑容，艾希亞也伸出手，回應了眼前男子的邀約。

「對了，我的全名是艾希亞・漢卡渥特，你呢？」在冰上滑著華爾滋的三拍節

奏，艾希亞第一次將自己的全名告訴別人，在皇室傳統裡，這是一個默許對方為自己人的意思。

只見男子笑笑的將艾希亞擁入懷中，並在她耳邊輕輕說著：「雷斯．多明尼亞，在此聽從公主殿下的吩咐差遣。」

「前往南極的路很長，我整路上都不會放開妳的手。」

朝日緩緩上升，兩個人牽著手踏上旅程。

培育文化

奇幻系列 21

第七極光

作者　Winni
責任編輯　王惠蘭
美術編輯　姚恩涵
封面/插畫設計師　章魚燒

出版者　培育文化事業有限公司
信箱　yungjiuh@ms45.hinet.net
地址　新北市汐止區大同路3段194號9樓之1
電話　（02）8647-3663
傳真　（02）8674-3660
劃撥帳號　18669219
CVS代理　美璟文化有限公司
TEL／(02)27239968
FAX／(02)27239668

總經銷：永續圖書有限公司
永續圖書線上購物網
www.foreverbooks.com.tw

法律顧問　方圓法律事務所　涂成樞律師
出版日期　2015年12月

國家圖書館出版品預行編目資料

第七極光 / Winni著. -- 初版.
-- 新北市 : 培育文化, 民104.12
面 ;　公分. -- (奇幻魔法 ; 21)
ISBN 978-986-5862-69-5(平裝)
857.7　　104020920

※為保障您的權益，每一項資料請務必確實填寫，謝謝！

姓名		性別	□男 □女
生日	年 月 日	年齡	
住宅地址	郵遞區號□□□		
行動電話		E-mail	

學歷

□國小 □國中 □高中、高職 □專科、大學以上 □其他______

職業

□學生 □軍 □公 □教 □工 □商 □金融業
□資訊業 □服務業 □傳播業 □出版業 □自由業 □其他______

謝謝您購買 第七極光 與我們一起分享讀完本書後的心得。務必留下您的基本資料及電子信箱，使用我們準備的免郵回函寄回，我們每月將抽出一百名回函讀者，寄出精美禮物以及享有生日當月購書優惠！想知道更多更即時的消息，歡迎加入"永續圖書粉絲團"

您也可以使用以下傳真電話或是掃描圖檔寄回本公司電子信箱，謝謝！

傳真電話：（02）8647-3660　　電子信箱：yungjiuh@ms45.hinet.net

●請針對下列各項目為本書打分數，由高至低5～1分。

	5 4 3 2 1		5 4 3 2 1
1. 內容題材	□□□□□	2. 編排設計	□□□□□
3. 封面設計	□□□□□	4. 文字品質	□□□□□
5. 圖片品質	□□□□□	6. 裝訂印刷	□□□□□

●您購買此書的地點及店名______

●您為何會購買本書？

□被文案吸引 □喜歡封面設計 □親友推薦 □喜歡作者
□網站介紹 □其他______

●您認為什麼因素會影響您購買書籍的慾望？

□價格，並且合理定價是______ □內容文字有足夠吸引力
□作者的知名度 □是否為暢銷書籍 □封面設計、插、漫畫

●請寫下您對編輯部的期望及建議：

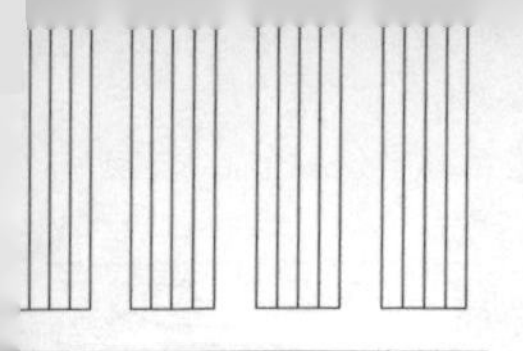

221-03

新北市汐止區大同路三段194號9樓之1

傳真電話：（02）8647-3660

E-mail：yungjiuh@ms45.hinet.net

廣 告 回 信

基隆郵局登記證

基隆廣字第200132號

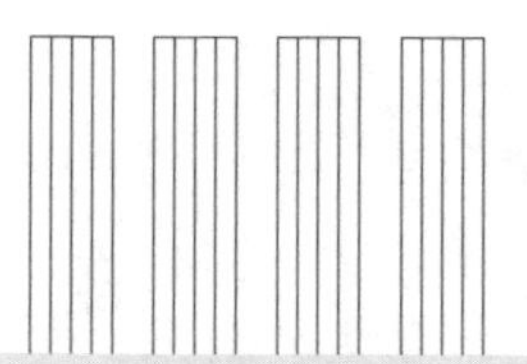

讀者專用回函

第七極光

培 養 文 化 育 智 心 靈 的 好 選 擇